FADAS MADRINHAS S.A.

Fadas Madrinhas S.A.
Copyright © 2023 by Kézia Garcia
Copyright © 2025 by Novo Século Editora Ltda.

Direção Editorial: Luiz Vasconcelos
Produção editorial e Aquisição: Mariana Paganini
Preparação: Karoline Panato Hilsendeger
Revisão: Ana C. Moura
Diagramação: Marília Garcia
Capa: Ju Calado

Texto de acordo com as normas do Novo Acordo Ortográfico da Língua Portuguesa (1990), em vigor desde 1º de janeiro de 2009.

Dados Internacionais de Catalogação na Publicação (CIP)
Angélica Ilacqua CRB-8/7057

Garcia, Kézia
 Fadas madrinhas S.A. : entre flechas e sapatos de cristal / Kézia Garcia. -- Barueri, SP : Novo Século Editora, 2025.
 128 p. : il.

ISBN 978-65-5561-984-3

1. Ficção brasileira 2. Literatura fantástica 3. Contos de fadas I. Título

25-0593   CDD-B869.3

Índice para catálogo sistemático:
1. Literatura cristã

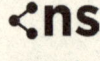

GRUPO NOVO SÉCULO
Alameda Araguaia, 2190 – Bloco A – 11º andar – Conjunto 1111
CEP 06455-000 – Alphaville Industrial, Barueri – SP – Brasil
Tel.: (11) 3699-7107 | E-mail: atendimento@gruponovoseculo.com.br
www.gruponovoseculo.com.br

KÉZIA GARCIA

FADAS MADRINHAS S.A.

SÃO PAULO, 2025

Para os que olham para o céu,
à espera de seu milagre.

Capítulo 1

Tempos atrás, quando os humanos ainda acreditavam em fadas e florestas de acácias ainda não haviam sido tomadas por madeireiras, uma dessas criaturas lutava para conseguir acertar em seus encantos.
— Por favor, não acabe. Por favor...
Dinx mantinha os dedos cruzados enquanto revezava seu olhar entre o relógio antigo e ornamentado pendurado na parede e o grande espelho emoldurado por arabescos, encostado ao lado da cama, ambos os objetos banhados em ouro e dados de presente pela avó. Enquanto acompanhava os milésimos de segundos que faltavam para o ponteiro maior alcançar o número doze, ao olhar para o espelho, vigiava sua aparência perfeita. O longo cabelo negro lhe

escorria pelos ombros, com cachos tão perfeitos, que pareciam modelados cuidadosamente à mão. Já a pele do rosto se mostrava tão lisa, que parecia uma escultura, com a diferença de esta apresentar tons rosados nas bochechas e lábios, além de cílios longos e curvados coloridos em um tom profundo de preto. O vestido lilás era um espetáculo à parte: as mangas e a saia esvoaçantes fabricadas em tecido delicado não apresentavam uma ruga sequer.

Deitada sobre o tapete rosa, Bela, a filhote de samoieda, erguia as pupilas para enxergar melhor a dona, como se tentasse compreender o que a afligia.

— Vai. Dê certo pelo menos uma vez. — Dinx apertou os olhos e a boca, como se isso fosse capaz de fazer algum efeito em seu encanto.

O ponteiro alcançou o doze e, como em um passe de mágica — ou melhor, em um desfazer de mágica —, os cabelos da jovem fada se revoltaram, enchendo-se de cachos nas mais variadas curvaturas e pequenos fios espetados para todos os lados. O rosto voltou a mostrar as pequenas manchas das espinhas passadas, as bochechas e os lábios perderam o tom rosado, e os cílios mirraram tanto, que era quase impossível vê-los, ao que a cachorrinha Bela ergueu a cabeça.

Dinx soltou um grunhido que nada combinava com sua aparência delicada, e não esperou o vestido mostrar os amassados antes de erguer a varinha de condão e refazer o encanto, voltando à aparência perfeita de segundos antes, mas agora completada com o biquinho emburrado da jovem.

Bela se ergueu do tapete, balançando o rabo felpudo, na esperança de finalmente receber alguma atenção, e Dinx se abaixou, apertando a cabeça da criaturazinha entre suas mãos.

— Por que eu não posso ser naturalmente linda como você?

Como se fosse capaz de entender o elogio que havia acabado de receber, Bela se colocou a pular em direção às pernas de Dinx, quando a fada se reergueu.

— Vamos passear?

A pergunta deixou a cadela ainda mais agitada, e ela seguiu a dona aos pulos para fora do quarto.

Enquanto caminhava pelo corredor ladeado por portas de madeira esculpida, Dinx pensava em como gostaria de ter menos trabalho para se manter impecável. Mas alguma coisa que ela não fazia ideia do que poderia ser impedia que seus encantos durassem mais do que uma hora. A jovem desconfiava de que fosse algo com a varinha; talvez algum defeito no momento em que a havia confeccionado.

Ela passou por outras fadas que se preparavam para começar as tarefas do dia, diferentemente de Dinx, que estava de folga. Esperava aproveitar o descanso para resolver seu problema.

A fada desceu a escadaria que levava ao salão principal. A porta frontal, que dava para o amplo gramado exterior, estampado por um jardim enorme e criado pelas mais talentosas fadas artesãs, estava aberta, soprando uma brisa agradável para aquela manhã de primavera.

— Vá. Vá passear.

Ao ouvir o comando, Bela correu para fora da construção e Dinx seguiu pelo corredor lateral direito.

A ala ocupada por salas dos supervisores de cada setor da corporação Fadas Madrinhas S.A. normalmente era silenciosa, abrigando apenas papeladas atrás das portas esculpidas em madeira de acácia. Mas, logo que começou a caminhar pelo corredor, Dinx já começou a ouvir os gritos raivosos de Redrik, supervisor do setor das fadas do amor, abafados atrás da porta de sua sala. Ela nunca havia entendido como alguém tão raivoso poderia ter sido escolhido para lidar com aquela área.

Porém o alvo de Dinx era outro: a última porta do corredor, atrás da qual Cimélia cuidava das burocracias que envolviam o setor artesão, pelo qual era responsável. No entanto, antes que a moça alcançasse a metade dele, a porta da sala de Redrik se abriu, despejando para fora um jovem alto e assustado.

— Jeong! — Dinx correu em direção ao amigo, em um impulso de saber o que havia acontecido daquela vez.

— Essa é a última vez que aguento os seus erros! — A voz de Redrik preencheu o corredor antes que ele fechasse a porta com tanta força, que tremeu as paredes da sala na qual se trancou.

Lin Jeong escorou-se na parede do corredor, empurrou os óculos para mais perto dos olhos e enfiou os dedos entre seus cabelos negros, puxando-os da raiz. Dinx se aproximou com cuidado.

— O que aconteceu?

— O que você acha? Fracassei em uma tarefa de novo.

— Ah, Jeong... — Dinx soltou um longo suspiro. Queria questioná-lo sobre o que exatamente havia dado errado, mas sabia que doeria ao amigo ter que explicar, então preferiu deixar para que ele falasse quando sentisse vontade. Desde que o conhecera, há pouco mais de um ano, quando ele foi transferido de unidade, havia aprendido que, quando Jeong estava sofrendo, era melhor lhe dar espaço.

— Eu sou um fracasso total! Redrik só não me expulsou dessa vez, graças à última doação que o meu avô fez. Dinx — Lin Jeong finalmente ergueu o olhar, encontrando o da amiga —, eu não quero voltar para o meu país. Eu gosto daqui. Gosto de...

Lin Jeong parou com a boca aberta e, após alguns segundos encarando Dinx, soltou o ar dos pulmões e jogou os braços ao lado do corpo. Ao ver a tristeza transmitida pelos olhos angulados do amigo, ela sentiu o coração apertar.

— Mas achei que tivesse dado certo com o último casal. Eu até vi o seu alvo saindo do Césaris todo sorridente.

Dinx achou que o amigo havia finalmente acertado em sua função. O Césaris era um café famoso, pois os rapazes sempre levavam para um encontro lá as moças que eles pretendiam pedir em casamento. Era de conhecimento comum. Se uma moça era convidada ao Césaris, era melhor se apressar com o enxoval.

— A moça errada apareceu.

Dinx compreendeu a frustração do rapaz. As fadas do amor atuavam na área... bem, do amor, e eram a fonte da lenda dos cupidos. Mas, diferentemente da lenda, não eram responsáveis por fazer as pessoas se apaixonarem. Sua principal função era atender a solicitações do Chefe para ajudar casais em apuros. Empunhavam um arco e flechas especiais, cuja função era munir os amantes de coragem e confiança para expressar seus verdadeiros sentimentos, enfrentar medos e tomar decisões difíceis (e também era uma arma bastante útil em situações excepcionais). Mas, se um deles estivesse com o coração confuso e fosse atingido pela flecha ao estar com a pessoa errada, poderia haver um grande estrago.

Em um impulso, Dinx ergueu a mão em direção ao ombro do amigo, no entanto se conteve, com medo do contato físico.

— Eu sinto muito.

Dinx não queria, mas sua mente começou a pensar em como seria sua vida caso Redrik expulsasse Lin Jeong, e não gostou do aperto ainda mais forte que sentiu. Quem a ouviria reclamar dos encantos acabando a cada uma hora? Com quem dividiria os bolinhos de baunilha do refeitório? Não que ela não pudesse fazer essas coisas com outra fada, no entanto ela não gostaria. Ficava contente em poder dividir aqueles momentos com *ele*.

— E para onde você estava indo? — Lin Jeong tirou a mente de Dinx de seus pensamentos melancólicos.

— Bem — ela explicou, aliviada por poder se livrar por algum momento do assunto triste —, enquanto moças erradas atrapalham o seu trabalho, a minha varinha continua com o mesmo defeito: meus encantos não duram mais do que uma hora.

— Que grande dupla nós formamos.

Dinx soltou uma risada forçada. Gostava da dupla que formavam, apesar das imperfeições, mas sabia que a fala do amigo havia sido irônica.

— Espero que Cimélia me permita fazer outra varinha, ou que tipo de fada artesã eu vou ser?

Lin Jeong soltou uma gargalhada antes de comentar:

— Bem, acho que, de uma forma meio atrapalhada, nós combinamos. A fada artesã que não consegue fazer obras duradouras e a fada do amor que não consegue juntar os casais certos.

As bochechas de Dinx se coloriram com um tom rosado, dessa vez sem a intervenção de um de seus encantos de embelezamento, enquanto seus lábios se abriam em um sorriso involuntário. Ela observou o semblante divertido de Lin Jeong, dando-se conta de que ela e o amigo viam as coisas de formas totalmente diferentes. Achava, sim, que eles combinavam. Só lamentava que Jeong não demonstrasse vê-los como o tipo de dupla que ela gostaria. Atingida pelo constrangimento, forçou o sorriso a sumir e tratou de ir logo conversar com Cimélia.

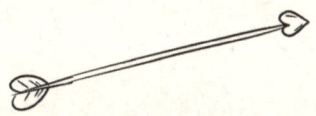

Capítulo 2

Dinx bateu à porta com força e pressa. Ela sentia a presença de Lin Jeong atrás de si, a poucos metros de distância. Esperava que ele não a estivesse olhando ou que tivesse percebido suas bochechas coradas.

Uma fada de semblante jovem e elegante abriu a porta, e Dinx suspirou aliviada ao ser atendida por Cimélia.

— Olá, Dinx. Em que posso ajudá-la? — Cimélia, como sempre, trajava um vestido feito do melhor tecido e com bordados tão detalhados, que Dinx precisaria analisá-los minuciosamente até identificar o que retratavam. As habilidades artesãs da fada eram superiores a qualquer outra que ela já vira e serviam de inspiração para a mais jovem, mas, naquele momento, deparar-se com um trabalho tão bem-feito só serviu para deixá-la mais frustrada.

— Posso entrar? — Dinx mantinha o pescoço firme, com medo de acabar movendo a cabeça para dar uma última olhada em Lin Jeong atrás de si.

— Claro. Entre.

Ao ouvir a porta se fechar, Dinx relaxou o corpo e se sentou na cadeira em frente à mesa metodicamente organizada. Esperou Cimélia dar a volta no móvel e ocupar seu lugar na cadeira atrás dele, passando a prestar atenção nela.

— Eu desisto. Preciso de outra varinha — disse Dinx colocando o objeto em cima da mesa.

Cimélia soltou um longo suspiro.

— Eu entendo a sua frustração, mas isso seria impossível. As acácias estão em falta desde que o rei encomendou uma mesa de jantar da madeira e todos os nobres do reino passaram a querer uma semelhante.

Dinx soltou um grunhido. Havia se esquecido daquela informação. E uma varinha só poderia ser feita da madeira de acácia recém-derrubada e talhada pelas mãos de seu possuidor, ou seja, Dinx precisaria derrubar a árvore e talhar a sua própria varinha, como havia feito da primeira vez. Por que deveria ser assim e por que exatamente madeira de acácia, a fada não sabia, mas eram ordens do Chefe, que já tinha um velho costume de mandar construir objetos especiais em madeira dessa árvore.

— E a Dália? Ela acabou de fazer a varinha dela. — Dinx se lembrou da fada novata. Se ela havia encontrado uma acácia, talvez houvesse outras no mesmo local.

— Era um caso de prioridade. Era a primeira varinha dela. E foi preciso viajar por horas até encontrar uma árvore da espécie.

— Talvez a gente devesse começar a cultivar as nossas próprias acácias — Dinx resmungou.

— É o que venho tentando sugerir há anos. Mas, Dinx — Cimélia franziu a testa e encarou a jovem no fundo dos olhos —, não acredito que o problema esteja na varinha. Geralmente, quando um encanto sai errado, é porque há algo de errado dentro de nós. Talvez o problema esteja na intenção que você coloca ao fazer os seus encantos.

— Mas... — Dinx parou para pensar por um momento. O que poderia estar errado em suas intenções?

A jovem fada pegou a varinha, ainda tentando entender qual poderia ser o problema, e frustrada por não ser algo tão simples de resolver, como apenas trocar de varinha. Ela murmurou um "obrigada por me ouvir" antes de sair da sala.

Dinx se deparou com o corredor vazio, o que a fez soltar uma longa respiração.

— A minha intenção...

E, sem saber o que poderia estar errado em querer que as coisas estivessem sempre impecáveis, incluindo ela, caminhou em direção ao refeitório.

O cômodo era amplo, bem ao lado da cozinha, e tinha várias mesas redondas de madeira, com cadeiras almofadadas. Ao chegar, Dinx passou por Dália, sentada à mesa que ficava logo na entrada e tomando seu café da manhã, e deu uma breve olhada para a varinha recém-feita em cima da mesa. Um pequeno pensamento de indignação por a professora não ter ao menos pensado na possibilidade de o problema estar com o objeto começou a surgir, mas ela logo o mandou para longe. Cimélia era a fada mais sábia que Dinx já havia conhecido, além de a mais elegante, e devia saber do que estava falando. Dinx só não havia conseguido ainda decifrar qual era o seu real problema.

Fadas Madrinhas S.A.

Ela viu Lin Jeong sentado em uma mesa encostada à parede dos fundos e seguiu em sua direção, parando para pegar um bolinho de baunilha no balcão e torcendo para que ele não tivesse reparado ou para que pelo menos tivesse ignorado o rosto corado dela, ao fim da última conversa.

Ele lia alguns papéis enquanto tomava uma xícara de chá, quando Dinx se sentou na cadeira à sua frente.

— Adivinha quem também é um fracasso? — ela perguntou, reparando nos cílios longos e curvados (e que irritavam Dinx por serem tão naturalmente perfeitos) visíveis graças à cabeça levemente curvada de Lin Jeong ao ler.

O jovem ergueu os olhos dos papéis, direcionando-os à amiga.

— Cimélia acha que o problema não é a varinha, e sim eu. — Dinx jogou as costas no encosto da cadeira, perdendo a postura elegante que sempre se esforçava para manter.

— Você? — Lin Jeong balançou a cabeça, como se negasse a informação. — Seus encantos só acabam rápido, mas são sempre perfeitos.

Dinx sentiu a bochecha queimar ao elogio, embora concordasse com ele.

— O que é? — Ela mudou de assunto, olhando com curiosidade para os papéis à frente do amigo.

— Meu próximo trabalho. — Lin Jeong estendeu os papéis para Dinx, que os pegou. — E o último, caso eu não faça direito dessa vez.

A fada tirou os olhos do papel que havia começado a ler e encarou o amigo. Lin Jeong direcionou o olhar para longe. Ela sabia que ele tentava disfarçar, mas era visível a umidade anormal e a coloração levemente avermelhada em seus olhos. Dinx pensou que, se pudesse, faria ela mesma o serviço para que o amigo não fosse expulso, porém, infelizmente, não havia sido agraciada com o talento das fadas do amor. Então voltou a ler as informações do novo trabalho de Lin Jeong e se surpreendeu com o que viu.

— O príncipe?! E desde quando um príncipe precisa da ajuda de um cupido para conseguir se casar?

— Fada do amor. — Lin Jeong corrigiu com um resmungo. — Parece que ele está demorando para encontrar alguém, e o rei acha que já está começando a passar da hora de o filho começar uma família. Vai até dar um baile para ver se o príncipe encontra uma noiva.

— Se você foi requisitado, então ele encontrou alguém; o rei só não sabe. — Dinx arregalou os olhos. — Seria alguém que o rei não aprova? Quem é a moça? — Dinx passeou com os olhos pelo papel até encontrar a informação. — Cinderela? Qual é o sobrenome?

— Não tem.

— Como não tem? — Dinx conferiu por toda a folha, mas nada de sobrenome. — Como vamos saber a qual família nobre ela pertence?

— É só ver o endereço? — Lin Jeong entregou para Dinx a outra folha, que ainda estava com ele até o momento.

— Hum... Northumberland House. Então ela é uma Percy! Acho que não vai ser difícil.

Dinx tirou os olhos do papel para devolvê-lo a Lin Jeong, que tinha a encarava fixamente.

— Acho que você deveria ser uma fada do amor. Não eu...

Dinx ergueu as sobrancelhas, surpreendida pela afirmação, até se dar conta de que até poderia ser divertido ter como trabalho ajudar a juntar casais.

— É... — Ela suspirou. — Até que eu me encanto por histórias de amor.

— Talvez tenham confundido nossos talentos e nos trocado de função. Mas não sei se eu me daria bem como artesão. Será que eu me daria bem com alguma coisa?

Os olhos de Lin Jeong voltaram a se umedecer, e Dinx se apressou em segurar sua mão, na tentativa de lhe dar algum conforto.

— Fique calmo. — Lin Jeong olhou Dinx nos olhos e depois para as mãos dos dois unidas sobre a mesa. A fada, dando-se conta da cena e se enchendo de vergonha, soltou a mão do amigo, escondendo a sua atrás da mesa, como se isso fosse capaz de apagar o ocorrido. — Vai dar tudo certo. Você só tem que fazer o príncipe ver a Cinderela assim que ele for atingido pela flecha. Quer dizer... O que poderia dar errado?

— Muita coisa! Tudo pode dar errado quando se trata de mim. — Lin Jeong olhou para os papéis por alguns segundos e ergueu o olhar novamente para Dinx. — Você podia me ajudar.

Dinx engoliu em seco. Ela até ajudaria Lin Jeong caso tivesse o dom das fadas do amor, mas o que poderia fazer como artesã? E ainda uma cujos encantos não duram mais do que uma hora?

— Ah, eu não sei... Provavelmente eu só iria te atrapalhar.

— Por favor, Dinx. — Os olhos de Lin Jeong se abriram, e Dinx ficou hipnotizada pelas duas esferas negras que a encaravam e suplicavam. — Você é boa com essas coisas de romance. E eu não consigo me concentrar em acertar a flecha e, ao mesmo tempo, garantir que a moça certa apareça. Mas, se você cuidar dessa parte para mim, dessa vez pode dar certo! — Então o semblante de Lin Jeong mudou, passando a mostrar a tristeza da possibilidade de ser obrigado a voltar para o país onde nascera. — Eu não quero ir embora.

— Eu também não quero que você vá. — Apenas com a menção daquela possibilidade, Dinx já podia sentir um vazio cutucando seu coração e querendo ganhar lugar. Lin Jeong não poderia ir embora. Como ela ficaria? Bem, sabia: ficaria arrasada. Por isso, ela se encheu da certeza de que faria tudo o que estivesse ao seu alcance para impedir a partida do amigo. — E você não vai ser expulso. Eu prometo. É só eu garantir que a Cinderela apareça na frente do príncipe no momento certo, não é isso? Não deve ser tão complicado. Não vou nem precisar usar meus encantos passageiros.

Dinx sentiu confiança. Ajudaria Lin Jeong a juntar o príncipe com a Cinderela, e tudo ficaria bem.

Em sua visão periférica, viu uma das mechas de seu cabelo começando a perder a forma perfeitamente encaracolada. Então, com um grunhido, ergueu a varinha e refez o encanto que a deixava com a aparência tão perfeita quanto uma pintura.

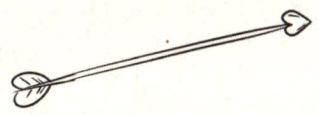

Capítulo 3

— Hum... — Dinx observava seu reflexo no espelho. Ela amava o vestido rosa ornamentado com lírios que havia feito na semana anterior, mas tinha a impressão de que o tom lhe deixava com um aspecto infantil. — Melhor não.

A fada ergueu a varinha e trocou o tom rosado por um azul-celeste. O vestido ainda tinha beleza, porém achou que seus olhos castanhos ficaram opacos e sem vida. Então trocou a cor do tecido mais uma vez, transformando-o em um lindo vestido verde-esmeralda.

Dinx abriu um largo sorriso.

— Perfeito.

Fadas Madrinhas S.A.

Com o cabelo e a maquiagem já prontos, faltava apenas um detalhe: seu par de sapatos da sorte. A jovem abriu o armário e pegou a caixa quadrada com cuidado. Colocou-a sobre a cama e abriu a tampa, revelando o par de calçados confeccionados em cristal. Dinx só os usava em momentos especiais, visto que haviam sido fabricados apenas para esses tipos de situações. A avó havia mandado fazê-los para seu próprio casamento com o rei do reino onde vivia na América do Sul. Como todos lá estavam habituados a usar ouro no dia a dia, a avó decidiu usar um material diferente em seu casamento e achou que o cristal seria perfeito. Por isso, desde que os havia recebido como parte da herança, Dinx os tinha adotado como sapatos da sorte. Não que ela acreditasse nesse tipo de coisa, mas achava simbólico usar um sapato especial em momentos especiais. Isso a ajudava a ter pensamentos positivos, e era disso que ela precisava naquele dia.

Dinx calçou os sapatos e acreditou que nunca havia estado tão bela. Caminhou pelo corredor, confiante de que tudo daria certo e Lin Jeong não seria expulso de volta ao país de origem.

Ao se deparar com a porta do quarto do amigo fechada, bateu com o punho contra ela. Ansiosa para começarem a trabalhar imediatamente no novo casal, esperou, esperou, esperou...

— JEONG! — Dinx começou a bater os pés contra o chão e cruzou os braços.

Ela não conseguia ter noção de quanto tempo havia esperado por Lin Jeong após dar o grito, mas já estava cansada e sem paciência. Começou a se encher de pensamentos preocupados, acreditando que o amigo pudesse ter ido realizar o trabalho sem ela. Entretanto, logo se lembrou de que o jovem estava angustiado demais com a possibilidade de ser expulso, para arriscar fazer o serviço sem ajuda.

Então ela puxou para dentro dos pulmões todo o ar que conseguiu e mais uma vez gritou:

— LIN JEONG!

Nenhuma porta vizinha foi aberta por alguma fada sonolenta e reclamona, o que era prova de que o dia de trabalho já havia começado para todos, enquanto Lin Jeong não havia aparecido.

Dinx estava prestes a desistir quando a porta do quarto se abriu, revelando um jovem descabelado.

— Chefinho que está no céu! — A jovem precisou se segurar para não abrir muito a boca com o susto ou arregalar os olhos. — Deixa eu te ajudar.

A fada estendeu a mão direita em direção ao cabelo do amigo e trabalhou para alinhá-los, aproveitando para reparar como Lin Jeong ficava fofo desalinhado daquela forma.

Com o corpo estagnado, o rapaz rolou os olhos para cima a fim de ver o serviço feito pela mão de Dinx. Foi tomado por um calafrio no estômago ao sentir os dedos da jovem passando pelos seus cabelos. Constrangido, questionou:

— Não seria mais prático usar a varinha?

A jovem fada afastou a mão imediatamente, raspou a garganta e deu um passo para trás.

— Por que a demora? Achei que tivesse ido sem mim.

Lin Jeong coçou o couro cabeludo, voltando a desarrumar a lateral do cabelo. Por dentro, repreendia-se por estragar o pequeno momento.

— Eu já procurei por toda parte.

— Procurou pelo quê?

O jovem fez uma careta e só então Dinx reparou no quarto atrás do amigo. Os pertences de Lin Jeong estavam tão revirados, que ela mal podia distinguir a forma da cama e dos outros móveis em meio a eles e, antes que soltasse mais uma exclamação, ergueu a varinha com o objetivo de arrumar o cômodo.

— Não, não! — Lin Jeong protestou. — Se você voltar tudo para o lugar, aí é que eu não vou encontrar!

— Mas você disse que já procurou por toda parte. E mais uma vez: procurou pelo quê? — Dinx aproveitou que Lin Jeong estava concentrado em tentar respondê-la e usou sua varinha para organizar a bagunça do quarto do amigo. Para o rapaz, foi suficiente ver o movimento da jovem para saber o que ela havia feito, e, assim que ele abriu a boca para protestar, ela explicou: — Não discuta. Ninguém consegue ficar por muito tempo em um lugar bagunçado daquele jeito. Ordem e beleza são importantes para o nosso bem-estar, por mais que alguns achem a beleza algo dispensável.

A fada ergueu o par de sobrancelhas e aguardou, na esperança de que o rapaz entendesse que ela queria a resposta à sua pergunta.

Lin Jeong respirou fundo, entrou no quarto e voltou apenas segundos depois, erguendo a aljava recheada de flechas à frente do rosto de Dinx.

— Não encontro o meu arco.

Dinx arregalou os olhos. Ela não sabia exatamente o que dizer ou como reagir àquela informação. Por isso, levou algum tempo até conseguir pronunciar alguma palavra.

— Você não está falando sério, não é? — Ela esperou Lin Jeong dizer algo, mas, em vez disso, ele olhou para os pés como se fossem as coisas mais interessantes do universo. — Como é que você perdeu o seu arco?! É tipo eu perder a minha varinha! Não existe fada artesã sem varinha, e não existe cupido sem arco e flechas!

Lin Jeong parou de olhar para os pés e arregalou os olhos.

— Fada do amor!

— Não importa! A gente precisa achar o seu arco a-go-ra!

— É exatamente o que eu estava tentando fazer!

— E por que você está gritando?!

— Mas foi você quem gritou primeiro!

Dinx pensou por alguns segundos até concluir que era verdade: ela havia começado a gritar, talvez atacada pelo pânico do que poderia significar Lin Jeong perder o arco justamente quando precisava se agarrar à sua única chance de não ser expulso da Fadas Madrinhas S.A.

— Me desculpe. — Dinx respirou fundo, tentando colocar em ordem as emoções. — Precisamos nos acalmar.

Ela se deu conta de que aquela situação estava afetando sua racionalidade, o que não os ajudaria em nada. Por isso, esforçou-se para empurrar suas emoções até um canto ao qual seria difícil ter acesso. Bem, pelo menos ela tentou.

— Quando foi a última vez que você se lembra de estar com ele? — a fada questionou.

— Ontem, quando o Redrik mandou me chamarem para conversar, eu tenho certeza de ter deixado ele ali — Jeong apontou para um espaço na parede, ao lado da porta —, escorado ao lado da aljava. Então voltei à noite e... Ah!

Jeong jogou a aljava para dentro do quarto.

— Fique calmo. Vamos encontrá-lo.

— Mas eu já...

— Eu sei. Você já revirou o quarto todo. Me conte detalhadamente como foi ontem, quando você saiu e quando voltou. Talvez tenha perdido algum detalhe.

— Tudo bem. — Lin Jeong respirou fundo. Olhou para longe, parecendo tentar forçar a memória a trabalhar. — Eu havia acordado há pouco tempo, quando a Amarílis, da secretaria, bateu em minha porta. Lembro de estar com a aljava no ombro e o arco na mão, porque tinha treinamento agendado. Mas, quando ela me falou que o Redrik queria falar comigo na sala dele e que parecia zangado, eu joguei tudo no chão e saí correndo.

— Hum... Você havia dito que deixou bem ali — Dinx apontou para o canto na parede —, mas então não foi bem assim.

Lin Jeong coçou a cabeça.

— É... Mas com certeza caíram aqui, perto da porta, porque foi onde encontrei a aljava assim que voltei.

— Então descreva com detalhes como foi quando você voltou.

— Eu não voltei muito tarde. Foi logo depois do jantar. Eu empurrei a porta e...

— Espera! — Dinx gritou e Lin Jeong deu um pulo, assustado. — Como assim você empurrou?

O rapaz então arregalou os olhos, entendendo o detalhe:

— Eu saí tão depressa, que só empurrei a porta, achando que ela ia se fechar sozinha, mas, quando voltei, ela só estava escorada. Deve ter ficado o dia todo assim! Você acha que...? — Ele hesitou em completar a fala, mas logo criou coragem: — Será que alguém entrou em meu quarto e roubou o arco? Mas por que alguém faria isso?!

— Talvez alguém queria se livrar de você — Dinx ponderou, embora não conseguisse pensar em ninguém que não gostasse de Lin Jeong a ponto de uma atitude dessa.

— Mas não imagino quem poderia querer isso. Sempre vivi em paz com todos aqui.

Dinx respirou fundo, e Lin Jeong passou a mão pelo cabelo, em um misto de preocupação e curiosidade.

— Mas nem sempre as pessoas e as fadas são verdadeiras. — Dinx se sentiu triste em ter que admitir. — Termos respondido ao chamado do Chefe não nos torna imunes a pecados, incluindo o da falsidade.

Lin Jeong abaixou o olhar, refletindo sobre a fala da amiga.

— Mas como vamos descobrir quem estaria sendo falso? — Sua voz soou triste.

— Não temos como, mas podemos tentar descobrir quem passou pelo corredor entre sua conversa com Redrik e seu retorno à noite. Talvez assim encontraremos o possível ladrão.

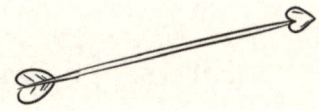

Capítulo 4

A secretaria da Fadas Madrinhas S.A. era uma sala acessada pela primeira porta à esquerda, no hall principal da construção. Sempre que alguém passava por lá, conseguia ouvir o som de pássaros das mais variadas espécies cantando em seu interior. Isso porque Amarílis, a secretária, cultivava as mais variadas plantas em meio às prateleiras e papeladas, o que atraía os bichinhos, além de dar à sala um ar bagunçado, mas, ao mesmo tempo, aconchegante.

Quando Dinx e Lin Jeong entraram pela porta sempre aberta, Amarílis aguava um vaso de moreia-azul, florida pela primavera. Sobre o parapeito da janela ao fundo, atrás da mesa de madeira ocupada por papéis e vasos de plantas, um rouxinol cantava com toda a sua força, acompanhando a cantarolação da mulher.

— Oh, em que posso ajudá-los? — A mulher, uma senhora na faixa dos 50 anos, interrompeu a cantoria assim que avistou os jovens.

— Bom dia, Amarílis. — Dinx a cumprimentou, seguida de Lin Jeong. — Será que poderíamos dar uma olhada no quadro de horários?

— Fiquem à vontade! — ela respondeu com um sorriso, virando-se para aguar outro vaso.

Na parede lateral esquerda, estava o quadro com vários papéis pregados. Neles, anotado na letra perfeita de Amarílis, os horários de atividades de cada uma das fadas. Lin Jeong precisou afastar um galho da hera cujo vaso era mantido pendurado na parede por um suporte de corda de sisal, com as folhas caindo feito cabelo pela parede. Algumas chegavam a cobrir o quadro.

A dupla analisou cada quadro de horários, em busca de quem poderia estar livre entre o horário em que Lin Jeong havia sido chamado à sala de Redrik, no dia anterior, e seu retorno ao quarto à noite.

— Como assim ninguém tinha horário livre ontem? — Jeong questionou.

— Na verdade — Amarílis falou, sem tirar a atenção das plantas —, teve alguém. — Enquanto a mulher deu uma pausa da fala, os dois jovens se entreolharam, curiosos. — Redrik tirou a tarde de folga. Havia trabalhado por uns horários extras recentemente, para resolver umas burocracias referentes a um serviço que deu errado.

Lin Jeong sentiu as bochechas queimarem, desconfiado de que, provavelmente, o responsável por tal serviço era ele. Ao mesmo tempo, refletiu sobre a informação que havia acabado de receber e sobre o que ela poderia significar.

— Tem certeza de que só ele mesmo? — Dinx perguntou.

— Tenho, sim. Organização é meu lema, e nada sai do cronograma neste lugar sem que me seja informado.

Os dois observaram a sala e viram como ela parecia tudo, menos organizada, mas preferiram não comentar.

— Muito obrigada, Amarílis. — Lin Jeong agradeceu.

— E bom trabalho! — Dinx falou antes de saírem.

Pensativos, os dois caminharam pelo hall. Então, de repente, Dinx puxou Lin Jeong pelo braço em direção à porta principal e o guiou até o jardim frontal.

— Aqui podemos conversar sem ouvidos curiosos — ela disse, assim que estavam afastados da construção o suficiente para não serem ouvidos por ninguém. Parou em frente a um canteiro de íris violeta e começou a ponderar: — Será que Redrik queria uma desculpa para te demitir e por isso roubou o arco, para te atrapalhar?

— Mas não seria mais fácil ele simplesmente não me dar mais nenhuma chance? Motivo suficiente para me demitir ele tem... — Sua voz foi sumindo ao final.

— Oh, Jeong. — Dinx quis consolar o amigo. — Não fique assim.

— Talvez o fato de sermos tão imperfeitos em nosso trabalho, por mais que nos esforcemos, no fim sirva para não nos permitir ser tomados pela vaidade ou pelo orgulho.

— Talvez... — Dinx refletiu. — Acredito que devemos buscar a excelência em nosso trabalho, mas você tem razão em dizer que não conseguimos a perfeição. Apesar disso, estamos aqui para unir aquele casal! Como vamos fazer agora?

Fadas Madrinhas S.A.

— Precisamos encontrar o meu arco. E só há dois lugares onde Redrik pode ter guardado, caso tenha sido ele mesmo a roubar: em seu quarto ou em seu escritório.

✦✶✦

Tudo o que se podia ver ao longe, na entrada do corredor masculino do terceiro andar, era a cabeça de Dinx e de Lin Jeong, em uma tentativa de não serem vistos.

— Será que ele já foi para o escritório? — Dinx sussurrou.

O quarto de Redrik ficava a quatro portas de distância, e até então os dois não haviam visto nenhuma movimentação.

— A gente deveria ter conferido lá antes — Jeong falou, com o queixo se movendo sobre a cabeça de Dinx.

— Tarde demais. Minha preocupação maior agora é não sermos vistos. — Ela mal acabou de falar e se transformou em sua versão alada, pequena como um mosquito.

Jeong, pego de surpresa, desequilibrou o corpo, até então escorando a cabeça sobre a da amiga. E, logo que percebeu a transformação de Dinx, também mudou para a forma alada.

Eles permaneceram voando próximos à parede, à espera de algum sinal de Redrik. Foi então que viram a porta do quarto do supervisor ser aberta.

Voaram com rapidez até o local e logo viram sob seus pés Redrik sair do cômodo.

Sem perder tempo, apressaram-se para dentro do quarto pouco antes de o homem fechar a porta atrás de si e sair caminhando pelo corredor.

Enfim se sentindo seguros, voltaram à forma natural.

— Acho que temos um problema — Lin Jeong disse assim que reparou no local. Nem Dinx, quando usara seu encanto para arrumar o quarto de Jeong, deixara o local tão organizado assim. — Se tirarmos qualquer coisa do lugar, Redrik vai perceber.

— Precisamos ser cuidadosos — Dinx afirmou ao mesmo tempo que se abaixava para olhar embaixo da cama.

Vagarosamente, e com dedos cuidadosos, olharam em todos os cantos possíveis: gavetas das mesas de cabeceira, dentro, atrás e até em cima do roupeiro. Mas nada do arco de Jeong.

— Bem — ele falou, soltando a respiração mais por frustração do que por cansaço —, nossa esperança é o escritório.

Na ala das salas dos supervisores, Dinx e Lin Jeong encontraram um bom local para observar. Haviam se sentado sobre uma lamparina fixa na parede, ainda não acesa devido à hora do dia. De longe, para os humanos que não acreditavam em nada além do que os cientistas diziam, os jovens pareceriam mais uma dupla de pequenas borboletas.

Estavam bem em frente à sala de Redrik, à espera do momento em que ele decidisse sair. Pelo menos para o almoço ele teria que deixar o local.

— Ele é viciado em trabalho — Lin Jeong explicou. — Esse é o problema.

As perninhas dos dois jovens balançavam, penduradas no ar. Dinx soltou uma longa respiração, entediada por esperar sem nenhuma distração.

— Se ele for o ladrão, como vamos fazer?

Jeong pensou por um tempo. Ainda não havia refletido sobre isso.

— Não sei. Acho que teríamos que falar com o Chefe.

Dinx concordou com a cabeça e logo arregalou os olhos:
— Ali! — Apontou para a porta se abrindo. — Vamos!
Eles voaram para dentro da sala, passando sobre a cabeça de Redrik, que saía do cômodo.
Assim que escutaram a porta se fechando, voltaram ao tamanho normal.
— Ele tem que estar aqui — Jeong falou.
Semelhante ao quarto, a sala também era milimetricamente organizada, o que os fez ter grande cuidado ao examinar as gavetas da mesa. Olharam em todos os cantos, até que viram um armário de duas portas ocupando a parede dos fundos.
— Um excelente lugar para guardar um arco — Dinx falou enquanto abria as portas.
No interior do móvel, encontraram pastas e livros. Muitos livros.
— Parece que alguém gosta de ler — Jeong comentou.
Do lado de fora, escutaram vozes próximas à porta.
— Mas já? — Dinx sussurrou e, logo em seguida, se transformou. Jeong a seguiu.
— Não é tão simples assim — Redrik falou ao mesmo tempo que entrou, com o tom de voz sério.
Atrás dele, estava Cimélia.
— Ter nossa própria plantação de acácias vai facilitar muito o nosso trabalho — a mulher argumentou.
Dinx ficou interessada no assunto. Se plantassem as próprias árvores, ficaria muito mais fácil fabricar uma nova varinha. Fazendo um sinal com a cabeça para Jeong, ela o chamou para se esconderem no armário, atrás de uma pilha de livros.
Sentaram-se na superfície da prateleira, prestando atenção à conversa.

— E onde vamos arrumar mudas? Arrancar das florestas?! — A voz do homem ficou mais próxima, e logo o ambiente dentro do armário escureceu. Estranhando, os jovens se levantaram lentamente, apenas o suficiente para verem sobre os livros o que havia acontecido, e se depararam com a porta sendo fechada. — Não me lembro de ter deixado o armário aberto.

Os jovens arregalaram os olhos um para o outro.

— E como mais seria? — Cimélia falou. — E, sobre a demora do crescimento, podemos unir todas as fadas artesãs e ajudar.

— As coisas não são assim, Cimélia. Parte do que faz varinhas, arcos e flechas tão especiais também é o empenho colocado em tê-las. Já faz tanto tempo assim que estudou? Pensei que fosse mais jovem.

Cimélia grunhiu, e os jovens escutaram o som da porta da sala bater.

A cadeira murmurou, provavelmente com o peso de Redrik sobre ela. E os dois, ajoelhados sobre a prateleira, olharam-se com semblante aflito. Como sairiam dali?

Escutaram os sons de Redrik se movendo sobre a cadeira, mexendo em alguns papéis, se levantando, caminhando e voltando ao mesmo lugar. Escutaram até alguns resmungos e reclamações, que logo foram acompanhados pelo ronco no estômago de Dinx e Jeong.

Fazendo caretas, os dois esperaram até o horário do almoço, quando, finalmente, escutaram Redrik abrir a porta e sair.

De novo animados, eles se ergueram e voaram sobre a pilha de livros até estarem em frente à porta do armário.

— Precisamos ser rápidos — Lin Jeong falou. — Do jeito que Redrik é viciado em trabalho, mal vai comer e já retornar.

— Então vamos precisar de força. — Ainda ao meio da frase, Dinx correu sobre o primeiro livro da pilha e jogou seu ombro sobre a porta. — Ai... — resmungou e fez uma careta ao ver que a porta continuava no mesmo lugar.

— Vamos juntos — Jeong sugeriu.

Os dois se alinharam e correram juntos.

Mais uma vez, a porta não se moveu.

— Mais força! — Dinx gritou.

Correram, chegando a fazer careta ao jogarem seus corpos contra a porta.

— Ahhhhhhh! — eles gritaram como se a voz fosse capaz de ajudá-los a cumprir o objetivo.

Mal sentiram seus ombros se chocarem contra a superfície, e começaram a cair em direção ao chão, com a porta enfim aberta. Antes que a queda terminasse, bateram as asas, pairando no ar, aliviados.

Voltaram ao tamanho natural antes que Jeong abrisse a porta da sala vagarosamente, colocando apenas a cabeça para fora, para ver se não havia ninguém no corredor.

— Vamos! Está vazio — ele chamou Dinx, e os dois seguiram rumo ao refeitório.

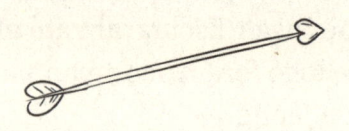

Capítulo 5

Eles escolheram sentar sozinhos, em uma mesa afastada das outras fadas, para conversarem com tranquilidade sobre a situação.

Jeong mal tocava na comida do prato, com claro desânimo.

— Precisa ter outro jeito de juntar o casal sem precisar do arco. — Ele cutucava as ervilhas.

— E se procurarmos mais? — Dinx falou em um sussurro. — Talvez não tenha sido Redrik quem roubou.

— Não tenho tempo para isso. — Jeong enfim largou as ervilhas e olhou para Dinx. — E se nunca encontrarmos?

— Qual foi o prazo que o Redrik deu para encerrar o trabalho?

Fadas Madrinhas S.A.

— Uma semana, mas não faz tanta diferença quando hoje está marcado um baile no qual o príncipe precisa escolher uma noiva.

— O baile é hoje?! — Dinx gritou. Em seguida, ao ver olhares se voltando em sua direção, abaixou o tom de voz. — Precisa ter um jeito de juntar o casal sem precisar do arco.

— Foi o que eu disse.

Dinx tentava não se preocupar com o que seria do amigo, porém sua mente se encheu de imagens de uma Dinx solitária, comendo bolinhos de baunilha sozinha. Pegou um pedaço do peixe frito no prato e jogou na boca. Talvez, com o estômago cheio, conseguisse pensar melhor.

— Onde foi que encontraram uma acácia para Dália fazer a varinha? — questionou olhando para longe, em direção à fada novata, que estava numa mesa no outro extremo do cômodo.

— No condado de Cheshire. Ela precisou viajar por horas até encontrar uma floresta que ainda não tivesse sido tomada por madeireiros.

— Seria muito tempo de viagem, além de ter que fazer o arco ainda — ela refletiu.

— Seria impossível chegar a tempo do baile — Jeong lamentou. — É melhor eu aceitar logo que serei expulso.

— Lin Jeong, eu te proíbo de dizer outra vez essa palavra! — Dinx falou apontando o dedo indicador em direção ao rosto do amigo. — A gente tem que dar um jeito. — Soltou um longo suspiro.

— Mas que jeito?! Só se eu pudesse estar em dois lugares ao mesmo tempo! — O rapaz paralisou o rosto por alguns segundos e, em seguida, foi ganhando novas feições: um rosto iluminado e com a esperança renovada. — E se eu puder?

— Não existe nenhum encanto para isso. Só o Chefe consegue estar em mais de um lugar ao mesmo tempo.

— Eu sei, mas não seria exatamente eu. — Os lábios de Jeong se separam, mostrando os dentes alinhados. — Você é boa com essas coisas de romance. Pode fazer o príncipe e a Cinderela se aproximarem enquanto eu vou atrás de um novo arco.

— Em um dia??? — Dinx arregalou os olhos. Ela não conseguia acreditar que Lin Jeong realmente achava que aquilo poderia dar certo. — Além disso, eu não tenho talento para juntar casais. Posso até deixar a moça mais bonita, mas isso não significa que não vá ter outra moça ainda mais bela do que ela e que acabe chamando a atenção do príncipe. Aliás, quantas moças bonitas ele já não deve ter rejeitado? Se fosse tão fácil, não seria necessário existir cupidos.

— Fadas do amor — Lin Jeong resmungou.

— Tanto faz. Se fosse tão fácil, fadas do amor não precisariam existir.

— Mas não é assim que a maioria dos casais se juntam? Eles se acham atraentes, mas não é apenas isso. Eles veem um no outro qualidades que admiram e que gostariam que a pessoa com quem vão dividir o resto de seus dias tivesse. A não ser em casos de casamento arranjado, é claro, mas não vem ao caso. Nós só interferimos em situações extremamente específicas, quando estão com problemas que não conseguem resolver sozinhos e suplicam ao Chefe por ajuda. Não é assim com vocês também, artesãs? Não são agentes de socorro?

Dinx pensou em suas habilidades. Ela poderia deixar Cinderela tão linda, que o príncipe não olharia para mais ninguém além dela naquele baile. Ele ficaria tão maravilhado, que teria certeza de que precisava tomar uma atitude e enfrentar qualquer que fosse o problema que os estava impedindo de ficarem juntos. Seria quase o mesmo efeito das flechadas das fadas do amor, não?

Fadas Madrinhas S.A.

Mas e quanto ao seu problema? E se todo o seu esforço se desfizesse bem no meio da festa? Mas, ao mesmo tempo, talvez aquela fosse a única forma de ajudar seu amigo a não ser demitido.

Por fim, respirou fundo e abriu um sorriso inseguro, não porque não quisesse fazer aquilo, mas porque tinha medo de não ser bem-sucedida:

— É isso que os amigos fazem um pelo outro, não?

Eles se encararam por um tempo em silêncio. Sim, era aquilo que amigos faziam um pelo outro, mas o nervosismo no estômago dos dois, enquanto se olhavam, não parecia ser o tipo de sensação que amigos provocavam. Sem saber muito bem como reagir, Jeong respondeu:

— Acho que sim.

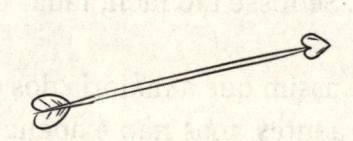

Capítulo 6

Lin Jeong já havia viajado. Era o fim da tarde, e provavelmente já estava a caminho de encontrar uma árvore para fabricar seu novo arco, e, caso Dinx não se apressasse, poderia ter problemas. O baile dado pelo rei aconteceria ainda naquela noite, e ela precisava garantir que o príncipe não acabasse escolhendo como noiva outra moça que não fosse Cinderela. Claro que tudo dependeria de quem havia sido a alma suplicante a pedir ajuda ao Chefe, a moça ou o rapaz. Ou quem sabe ambos.

Mesmo cheia de inseguranças quanto à sua eficiência no trabalho, a fada se transformou. Ficou tão pequena quanto uma borboleta, abriu o par de asas cintilantes e voou em direção à Northumberland House.

Fadas Madrinhas S.A.

Dinx deixou os limites de propriedade da Fadas Madrinhas S.A. e voou pela estrada que seguia até a parte mais movimentada da capital. Começava com algumas construções aqui ou ali, cercadas por grandes terrenos, até a distância entre as casas passar a ser cada vez mais estreita. A Northumberland House ficava em uma rua totalmente residencial, mas agora, talvez devido aos preparativos para o baile real, carruagens passavam a todo o tempo para lá e para cá. E, quando a fada chegou à construção de 3 andares e altas janelas, surpreendeu-se ao ver uma carruagem com o brasão real parada em frente à propriedade.

Um mensageiro, reconhecível por seu uniforme pomposo, aguardava a poucos centímetros da porta principal. Esta foi aberta por uma senhora bem-vestida, com um longo e esvoaçante vestido de tecido visivelmente caro.

Dinx voou para mais perto, a fim de ouvir a conversa e descobrir se a senhora era a tal da Cinderela — esperava que não, pois temia que o príncipe tivesse idade para ser seu filho.

— Lady Percy, que prazer em revê-la. — O mensageiro abriu um amplo sorriso.

Dinx ficou aliviada. Se aquela senhora era a Lady Percy, então provavelmente Cinderela era sua filha.

— O prazer é todo meu. — A mulher sorriu. — Algum recado do rei?

— Estou apenas passando para confirmar a presença de suas filhas. O rei quer garantir que a maioria das moças solteiras do reino estejam presentes no baile.

— Pois duvido que alguma moça perderia essa grande oportunidade. Eu não deixaria minhas filhas perderem esse baile por nada.

Dinx se encheu de esperança. Pelo menos ela tinha certeza de que Cinderela estaria presente no baile. O problema seria fazer a moça se destacar em meio a tantas outras.

— Fico feliz em saber — falou o mensageiro. — Obrigada e tenha um bom fim de dia.

— Igualmente.

Lady Percy fechou a porta e o homem voltou à carruagem real. Dinx voou até a janela comprida ao lado da porta frontal e espiou para dentro da casa. Duas jovens, uma tão alta quanto Lady Percy e outra cuja cabeça alcançava o ombro de ambas, correram em direção à mulher. A fada grudou a pequenina orelha no vidro para ouvir a conversa e descobrir qual delas era Cinderela.

— Onde está o meu vestido? — a mais alta questionou.

— E se o meu vestido não estiver perfeitamente ajustado? Não vai dar tempo de reajustar até hoje à noite! — A mais baixa cruzou os braços.

A fada estudou as duas moças com atenção. Qualquer uma delas poderia ser Cinderela, pois ambas eram belas e elegantes, e Dinx não acreditava que o príncipe escolheria alguém com menos do que essas qualidades. Mas lhes faltava alguma coisa que ela não sabia definir o que era; talvez algo em suas expressões emburradas e impacientes.

A porta da frente foi aberta e a fada viu passar por ela uma grande montanha de tecidos que, só depois de alguns passos afastados, mostrou a moça que a carregava.

Lady Percy se virou em direção à moça, provavelmente uma empregada, e abriu os braços, gesticulando com impaciência.

— Ah, finalmente, Cinderela. — Dinx arregalou os olhos. Cinderela era uma... empregada? — Pensei que você tivesse nos abandonado para trabalhar com a costureira.

— Sinto muito. — A voz doce saiu abafada por trás da montanha de tecido. — A cidade está uma loucura com os preparativos para o baile, e o ateliê da senhorita Francesca parecia uma lata de feijão cozido, de tanta gente espremida lá dentro.

A moça soltou uma gargalhada, porém as três mulheres continuaram a encarando de forma séria.

A jovem mais alta pegou o vestido do topo da montanha e, em seguida, a mais baixa pegou o próximo. As duas deram as costas para Cinderela e subiram as escadas em silêncio, ocupadas em prestar atenção aos vestidos.

Dinx se cansou de ver a cena de costas e deu a volta na lateral da construção. Assim que viu Cinderela, arregalou os olhos.

— Chefinho do céu! — A fada colocou a mão na boca. — Como foi que o príncipe conseguiu pelo menos olhar para... para... isso?!

A jovem tinha o cabelo loiro tão ressecado e cheio de frizz, que ela parecia ter acabado de levar um choque, além das olheiras profundas contornando seus olhos.

Lady Percy pegou outro vestido nas mãos de Cinderela, deixando um último para trás, e ergueu a sobrancelha:

— Eu me lembro de ter encomendado apenas três vestidos.

— Eu pensei que, como também sou solteira, também faço parte do convite, já que ele dizia ser destinado a todas as moças solteiras do reino. Então achei que meu vestido poderia ser pago com a minha parte da herança. A senhora disse que eu poderia usá-la quando completasse 18 anos, e eu fiz 18 já faz algum tempo.

Dinx começou a ficar confusa. Que tipo de empregada teria alguma herança? E por que aquela fala parecia indicar que Lady Percy tinha algum domínio sobre o dinheiro da garota? Nada daquilo parecia fazer sentido.

A mulher ergueu mais uma vez a sobrancelha, o que, Dinx estava percebendo, parecia ser sua expressão facial favorita.

— Fez? Hum... Acho que acabei me esquecendo.

— Então... Posso ir, não é? Já fiz todas as tarefas que a senhora me deu.

— Ah, bem. É claro. — Lady Percy se escorou na mesa do hall de entrada. — Falta apenas você levar esse saco de lentilhas para a cozinha, acredito. — Só então Dinx reparou no grande saco aberto escorado ao pé da mesa. — Assim que tiver feito isso, se não tiver mais nenhuma tarefa, não vejo motivos para você não ir.

Cinderela ergueu os lábios em um sorriso.

De repente, o som de algo se espatifando no chão preencheu o lugar, seguido do som de centenas de bolinhas rolando pelo piso. Cinderela se assustou e quase deixou seu vestido cair. Mas o que tornava a cena horripilante para Dinx era que Lady Percy havia chutado o saco para trás, sem ao menos tentar disfarçar.

— Ops. — A mulher fingiu surpresa. — Sinto muito. Parece que você não vai mais poder ir ao baile. Não podemos ficar com a casa cheia de lentilhas pelo chão. Imagine se uma das garotas pisa e cai de cabeça contra o chão? Seria lastimável. — Lady Percy olhou para o relógio antigo encostado à parede do hall e arregalou os olhos com exagero. — Oh, olhe só a hora! Preciso deixar os cabelos de minhas garotas esplêndidos.

Dinx teve vontade de usar seu dom de forma reversa e colocar uma verruga enorme no meio da testa de Lady Percy. Talvez uma no nariz e outra no queixo também.

— Claro, minha madrasta — Cinderela falou, com o tom de voz baixo.

Madrasta. Dinx começou a entender a relação entre as duas mulheres. Isso significava que Cinderela era filha do Lord Percy, e, se ela havia recebido sua herança, isso significava que o pai havia falecido. A fada ficou triste com a constatação. Havia ouvido falar que ele era um dos nobres mais generosos de toda a capital. Mas ficou ainda mais triste ao perceber a situação da garota.

Capítulo 7

Lady Percy subiu as escadas, deixando Cinderela sozinha no hall de entrada. Dinx estava enfurecida e a ponto de fazer algum uso proibido de seu dom, mas precisava se concentrar em quem necessitava de sua ajuda.

Cinderela colocou o vestido com cuidado sobre a mesa, ajoelhou-se e começou a pegar as lentilhas. Seus gestos eram tão lentos, que ela parecia ter perdido toda a sua força de vontade; como se soubesse que, mesmo que se tornasse superveloz ou simplesmente usasse uma vassoura para pegar as sementes mais rápido, a madrasta arrumaria outra tarefa para ela fazer e não comparecer ao baile. Então, começou a chorar. A jovem havia se segurado e mantido a postura enquanto estava acompanhada da madrasta e só se permitiu desabar quando se viu sozinha. A moça, embora delicada, era forte, Dinx reparou, e isso a fez perceber o porquê de o príncipe tê-la escolhido e o Chefe ter lhes concedido favor. Cinderela era bela não por ter um cabelo brilhante e sedoso, bochechas rosadas ou os mais caros trajes. Era bela simplesmente por ser; por ser onde poucas pessoas eram. Havia se permitido ser forjada pelas dificuldades da vida, e isso a fazia ser uma candidata perfeita a princesa e, futuramente, uma rainha.

De repente, Dinx se sentiu feliz e privilegiada por poder fazer parte daquela história. Não importava seus defeitos, faria o melhor para aquela jovem e o príncipe se casarem.

Enquanto o tempo passava, ela sentia uma vontade gritante de ajudar Cinderela a terminar de pegar todas as lentilhas do chão. Porém, a cada poucos minutos, Lady Percy ou uma das duas moças chamava a jovem para que pegasse ou fizesse algo, atrapalhando-a a completar o serviço no hall de entrada. Além disso, não seria sábio que Dinx fosse vista por elas.

Já estava no meio da noite quando as três desceram pela escada com seus vestidos bufantes e segurando máscaras nas mãos.

Lady Percy parou ao pé da escada e vestiu no rosto uma expressão de pena.

— Oh, sinto muito por você não ter terminado. Queria tanto que você pudesse ir ao baile conosco.

Dinx bufou. Aquela mulher deveria se juntar a uma trupe de teatro amadora.

A moça mais baixa abriu uma expressão de surpresa.

— Mas a senhora disse que não queria que ela fo... — A fala foi interrompida por um beliscão da mais alta. — Ai!

— Tudo bem. — Cinderela levantou o rosto do chão e forçou um sorriso discreto. — Eu nem saberia me comportar em um baile chique desse mesmo.

— Que bom que você reconhece. — A mulher atravessou o hall, desviando-se de algumas lentilhas pelo chão. — Vamos, meninas. Aproveite bem a noite, Cinderela.

As moças seguiram a mulher para fora da casa.

Assim que a porta se fechou, Cinderela tirou o sorriso forçado do rosto. Ela ergueu o braço e pegou o vestido que estava em cima da mesa, abraçou-o, escorou o corpo contra a perna do móvel e se pôs a chorar.

O coração de Dinx apertou ao ver a jovem colocando para fora suas emoções. A fada precisava entrar em ação, agora que a madrasta e as irmãs haviam saído de cena.

Cinderela se levantou do chão e subiu a escada. Então Dinx voou pelas janelas da casa, tentando acompanhar o percurso da jovem. Quando chegou ao segundo andar, Cinderela puxou uma cordinha do teto, que revelou uma escada frágil de madeira, na qual ela subiu.

Ao ver a moça indo para o sótão, Dinx se preocupou. Não conseguia entrar na casa com as janelas fechadas e se arrependeu por não ter aproveitado para passar pela porta da frente quando a madrasta e as duas moças saíram para o baile.

A fada circulou a casa e voou mais alto. Se tivesse uma chaminé ou algo parecido, poderia usar para entrar na moradia. Então, ela abriu um sorriso ao ver uma janela no telhado. Aproximou-se e viu Cinderela entrando no local. O sótão parecia servir de quarto para a moça, se é que o cômodo poderia ser chamado assim, visto que abrigava apenas uma cama esfarrapada e um armário caindo aos pedaços. Dinx ficou horrorizada e precisou fingir não ter visto a dupla de ratos que correram para debaixo do projeto de cama. Como alguém poderia se sentir bem, dormindo em um local como aquele?!

Cinderela foi até a janela, e Dinx precisou voar um pouco mais para a esquerda, ou atrapalharia a visão da jovem, que encarava o céu noturno.

Com os olhos úmidos e vermelhos, Cinderela soltou um longo suspiro.

— O Senhor sabe o quanto eu gostaria de ir a esse baile, e sabe o porquê. — Dinx ficou um pouco constrangida por estar presenciando um momento tão íntimo como aquele, em que Cinderela parecia estar abrindo seu coração em uma prece. — Mas será que até essa alegria tinha que me ser tirada? Será que devo perder as esperanças? — Os olhos da moça se umedeceram ainda mais, a ponto de uma lágrima descer pelo lado direito de seu rosto. — Acho que as coisas só mudariam para mim se acontecesse um milagre.

Dinx sentiu seu coração se apertar mais uma vez, mas não podia ficar ali, assistindo às dores da garota por toda a noite. O tempo estava passando, e ela tinha uma missão: atender à súplica da moça.

A fada começou a bater seu corpo pequeno contra a janela. Demorou um tempo e custou algumas dores no seu ombro para que Cinderela finalmente a notasse, embora só pudesse ver um ser alado, pequeno e luminoso.

A jovem abriu a janela, e Dinx voou com toda velocidade para dentro do sótão. E, assim que estava no meio do cômodo, voltou à sua forma original, crescendo seu tamanho até a altura aproximada de Cinderela, mas mantendo as asas brilhantes.

— Quem é você?! — A moça colocou a mão direita no coração. — Um anjo?

— Bem, é comum pensarem isso — *ainda mais após ter acabado de fazer uma oração,* Dinx pensou —, já que o mito dos cupidos se deve às fadas do amor, mas não. Eu não sou um anjo. Porém você pode me chamar de... — A fada se lembrou da última fala da moça em sua oração. — Seu milagre.

Afinal, era para isso que as fadas existiam. Pessoas, até então comuns, que atendiam a um chamado e recebiam dons para serem agentes de milagres.

Dinx abriu um sorriso, e Cinderela a estudou com os olhos. Ao ver que a moça permanecia em silêncio, provavelmente ainda sem saber como reagir a ela, preferiu explicar logo:

— Eu sou uma fada e vim te ajudar a ir ao baile. — A moça permanecia estacionada no lugar e sem reação. — Vamos. Coloque seu vestido.

Foi apenas após alguns segundos que Cinderela despertou e correu em direção ao vestido, deixado sobre a cama.

Dinx se colocou de costas para dar alguma privacidade à moça e só se virou quando ouviu um suave "pronto".

A fada ficou sem palavras ao ver que, mesmo com um vestido bonito, a moça ainda precisava de muitos cuidados, principalmente nos cabelos cheios de frizz e pontas ressecadas.

— Muito bem. — Dinx suspirou. — Agora começa a minha parte.

— O que foi? Não gostou do vestido?

— Não é isso. É um vestido muito bonito. Mas você está indo a um baile real. E não só isso: o príncipe precisa escolher a sua futura esposa esta noite, e precisamos garantir que seja você, não é? Imagine o quanto seria incrível se tornar princesa!

Fadas Madrinhas S.A.

— Eu nunca quis ser princesa, na verdade. — A jovem deu de ombros. — Não acredito que esse deveria ser o motivo para alguém querer se casar com o príncipe.

Dinx observou o olhar da jovem se desviando e a bochecha se colorindo de rosa. Cinderela tinha razão em sua fala, e seu rosto demonstrava que...

— Você está tão apaixonada por ele!

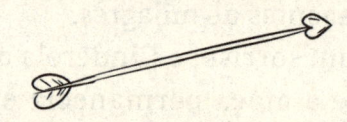

Capítulo 8

As bochechas de Cinderela foram instantaneamente de um tom claro de rosa para um tom gritante de vermelho.

— Não... Bem... Quer dizer... É que... — A moça gaguejou.

— Bem, todas as moças do reino devem ser um pouco apaixonadas por ele — Dinx falou, percebendo que Cinderela estava constrangida por admitir seus sentimentos —, então isso é mais um motivo para você permitir a minha ajuda. Vamos começar pelo cabelo.

Dinx ergueu a varinha e soltou um encanto direcionado aos cabelos de Cinderela. A fada os deixou em maior parte soltos, com algumas mechas laterais se juntando em uma trança na nuca. E, enquanto as luzes do encanto o atingiam,

Fadas Madrinhas S.A.

ele foi ganhando brilho, saindo da cor sem graça de palha seca para um tom iluminado de dourado, além de ter ganhado uma aparência aveludada.

— Agora um pouco de cor em seu rosto.

Os cílios foram encurvados e escurecidos, e o rosto da moça perdeu as manchas de cansaço e ganhou tons rosados nas bochechas e lábios.

— Bem melhor. Agora, a minha parte preferida.

Dinx aumentou o volume da saia do vestido, deixando-o ainda mais rodado, e aumentou o volume do tule da alça que circulava o ombro de Cinderela. Com sua varinha, foi até a janela e contemplou o jardim da entrada da casa. Algumas flores brancas chamaram a sua atenção. A fada usou de seus encantos para transportá-las pelo ar, levando-as até dentro do sótão e prendendo-as à manga e à saia do vestido.

— Sabe — Dinx começou a explicar enquanto trabalhava —, um dos princípios da beleza é que, às vezes, o menos pode significar mais. Você pode ter certeza de que um dos maiores erros das outras moças esta noite será que, na tentativa de chamarem a atenção do príncipe, além dos vestidos bufantes e cheios de brilho, estarão usando penteados elaborados e máscaras carregadas de plumas. Então se esquecem de uma palavra primordial: equilíbrio. Mas o equilíbrio é a base da elegância, e lembre-se: ninguém entende melhor de elegância do que a realeza.

"Ou as fadas artesãs", Dinx quis acrescentar à fala, no entanto preferiu não parecer prepotente.

Em cima da cama, estava a máscara, também azul, que acompanhava o vestido. Dinx fez, com seus encantos, cortes delicados e elegantes, e transformou a haste que Cinderela deveria segurar em duas fitas que prendiam a máscara ao rosto da jovem, de forma que não a atrapalhasse a dançar.

— Perfeito. — Dinx sorriu ao conferir o resultado. Já Cinderela contemplava o vestido no corpo e a máscara com fascínio. — Agora os sapatos.

— Eu estava pensando em usar estes. — A jovem foi até o armário, abriu a porta e retirou de lá um par de botas marrons.

— Esses? — Dinx tentou não demonstrar espanto. A moça não tinha culpa de ter uma madrasta tão horrenda e negligente.

— O vestido é longo, então ninguém vai vê-los. Além de serem confortáveis.

— Não. Você não pode ir com esses sapatos. — Dinx precisou se segurar para não questionar a garota sobre o porquê de não ter providenciado sapatos novos também.

Cinderela encarou as botas com a testa franzida.

— Você não pode fazer um?

— Eu sou uma fada artesã. Só posso manipular algo que já existe. Não posso criar algo do nada. Apenas o Chefe tem o poder de trazer algo inexistente à realidade; e a nós é concedido o privilégio de participarmos um pouquinho de sua obra, com os dons que Ele nos dá. Porém me recuso a deixar você estragar meu trabalho com um sapato de couro marrom.

Cinderela ficou em silêncio. Dinx sentiu muito por aquilo, mas um sapato daquele material, mesmo após passar por seus encantos, jamais combinaria com o vestido, a máscara e o milagre que a fada havia feito no cabelo e no rosto da jovem.

De repente, Dinx se viu atingida por uma solução. Ela olhou para seus pés, receosa. Aquilo lhe custaria um pouco de sacrifício e desapego, porém era a única opção plausível. Além disso, cada segundo a mais pensando no que fazer eram um segundo a menos dos encantos que ela havia feito na moça.

A fada observou os pés da jovem.

Fadas Madrinhas S.A.

— Seus pés não são muito grandes, são? — Dinx perguntou.

Cinderela também olhou para os pés, e a fada suspirou. Ela não tinha dúvidas: as duas tinham pés de tamanhos parecidos. Na verdade, até desconfiava de que os da jovem fossem ligeiramente menores do que os seus, mas o sapato deveria servir.

Dinx tirou o par de sapatos de cristal de seus pés e os contemplou com pesar.

— Cuide deles como você cuidaria da sua própria vida! São de grande valor sentimental para mim.

A fada pegou os sapatos e os estendeu para Cinderela, que os pegou com cuidado, como se temesse quebrá-los.

Quando ela os calçou, ergueu o rosto sorridente para Dinx.

— Estão um pouco folgados, mas nada que me atrapalhe.

— Ótimo! — Dinx ficou satisfeita com o seu trabalho em Cinderela e calçou as botas. Ela ficou triste pelo modelo desagradável aos olhos, mas era melhor do que continuar descalça.

A fada ergueu a varinha em direção à cama, lembrando-se da dupla de ratos que havia se escondido sob ela. Usou de suas habilidades mágicas para transportá-los pelo ar, atravessando-os pela janela e os levando até o jardim da entrada. E, antes que os bichinhos corressem, ela os fez crescer. Suas pernas se tornaram fortes e ganharam longos pelos, que também cresceram em seus pescoços e rabos.

Cinderela apareceu na janela por trás de Dinx e exclamou ao ver os elegantes cavalos nos quais os ratos haviam se transformado:

— Uau!

— Venha. Ainda precisamos da carruagem.

A dupla de moças desceu pela escada do sótão e então pela que ligava o segundo ao primeiro andar. Dinx caminhou pela casa em busca de algo que pudesse manipular. Na cozinha, encontrou cenouras, abobrinhas e nabos. Nada daquilo daria um bom resultado. Até que viu, no alto de uma prateleira, uma grande e vistosa abóbora.

Imediatamente, Dinx visualizou em sua mente a forma arredondada da carruagem.

— Isso deve servir.

Ela transportou a abóbora, com a varinha, para fora da casa. E, ao chegar ao jardim, seguida por Cinderela, inchou o legume até que ele ficasse de um tamanho que lhe permitisse abrigar quatro pessoas em seu interior. Foi aí que o trabalho artesão de Dinx realmente começou. Ela abriu janelas e uma porta em cada lateral. Do miolo do legume, fez bancos internos acolchoados, cortinas e um banco externo para cocheiro.

— Vamos. — Ela chamou Cinderela, que estava parada, contemplando, maravilhada, a arte produzida por Dinx.

A jovem entrou na carruagem e, ao se sentar, olhou pela janela, preocupada.

— E as lentilhas?

Dinx arregalou os olhos. Havia se esquecido das benditas lentilhas!

— Deixe que eu cuido disso. Mas você precisará ir ao baile sozinha. Consegue conduzir os cavalos?

Cinderela acenou que sim, desceu do interior da carruagem e se sentou no banco exterior, que deveria ser ocupado pelo condutor.

Dinx sorriu e, quando Cinderela estava prestes a dar o comando para os cavalos começarem a caminhar, a fada se lembrou de um importante detalhe:

— Espere! Meus encantos infelizmente não costumam durar muito. — Ela olhou para dentro da casa, a fim de ver o relógio, e se assustou ao ver que já marcavam onze horas da noite. — Então, você só tem até meia-noite até tudo se desfazer. É melhor ir depressa.

— Está bem. Obrigada! — Com um sorriso no rosto, Cinderela deu o comando aos cavalos, que partiram com velocidade.

Dinx entrou novamente na casa. Algumas lentilhas ainda estavam espalhadas pelo chão. Ela ergueu sua varinha, reuniu-as no ar e as colocou de volta no saco. Com o serviço feito, voltou à forma pequena.

A fada levantou voo e saiu pela porta da frente, não sem antes usar seus dons mágicos para fechá-la, voando em direção ao castelo onde aconteceria o baile.

Dinx já estava próxima à rua quando se lembrou de algo que a havia incomodado. Ela voltou para trás e subiu até a janela no telhado, que lhe permitia ver o sótão. Lembrou-se do que havia falado com Lin Jeong ao ver o quarto dele bagunçado, sobre ninguém conseguir viver muito tempo em um lugar bagunçado, pois ordem e beleza são importantes para o bem-estar. O sótão não era bagunçado, porém era desprovido de beleza. Lady Percy parecia ter escolhido a dedo os móveis mais feios para compor o cômodo, e Dinx sentia tristeza apenas de olhar para o local. Aquela feiura era uma amostra da feiura interior da madrasta da jovem, mas em nada combinava com a delicadeza e a força de Cinderela.

A jovem já sofria por ter uma madrasta tão horrenda; merecia ter ao menos um vislumbre de beleza e aconchego quando entrasse em seu quarto após chegar do baile naquela noite, nem que fosse por apenas alguns minutos antes de se desfazer.

Então Dinx se concentrou em fazer daquelas paredes, piso e móveis as suas mais belas obras de arte. Focou direcionar seus dons com toda a delicadeza e beleza que conhecia, e a transformação começou.

O quarto ganhou cores suaves e móveis de materiais fortes e em cortes delicados e elegantes. O colchão parecia tão mais macio, e o cobertor e as almofadas tão mais aconchegantes! A própria Dinx amaria dormir em um quarto como aquele.

Satisfeita, a fada abriu um sorriso e voou em direção ao palácio.

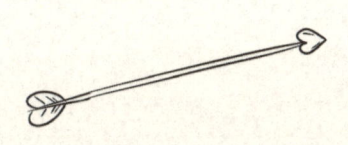

Capítulo 9

De longe, Dinx já podia ver as altas e pontiagudas torres do palácio, com uma mais alta do que todas as outras exibindo um relógio gigantesco. A várias ruas de distância, carruagens já estavam estacionadas, provavelmente responsáveis por carregar moças solteiras esperançosas de conseguir uma dança com o príncipe.

A frente do castelo era ocupada por uma larga porta de madeira que estava aberta, e uma escada com longos degraus levava até ela. No seu alto, prestes a entrar pelo salão, estava Cinderela. Dinx aumentou sua velocidade até ficar a poucos centímetros dela. Então, acompanhou-a para dentro da festa.

Fadas Madrinhas S.A.

Outra escada larga descia da porta até o início do salão, e centenas de moças ocupavam o local com suas saias rodadas, mangas bufantes e, como Dinx havia previsto, muito brilho e máscaras com plumas. A fada voou por sobre as cabeças, à procura do dono do baile, o príncipe. Demorou para que ela o encontrasse. Afinal, vários rapazes pareciam ter sido atraídos pela notícia de que haveria uma aglomeração de moças solteiras naquela noite. Porém foi só observar qual dos rapazes atraía mais olhares femininos, para encontrar seu alvo.

Ele estava no meio do salão, dançando com uma moça de vestido vermelho. Mas não demorou para que seus olhos fossem atraídos por algo ao longe. A distração foi tamanha, que, aos poucos, ele diminuiu a velocidade dos passos, até já não estar mais dançando.

Ele olhou em direção à porta da entrada, e Dinx seguiu seu olhar. No alto da escadaria, estava Cinderela.

À medida que a jovem descia, o príncipe abria ainda mais a boca.

— Eu fiz mesmo um ótimo trabalho! — Dinx comemorou.

Deixando a moça de vermelho para trás, o príncipe caminhou em direção ao pé da escada, com o caminho em meio à aglomeração sendo aberto por jovens de olhares irritados.

Dinx manteve alguns metros de distância do alto, mas viu quando o príncipe falou algo a Cinderela, que lhe respondeu com um sorriso discreto.

O rapaz pegou a mão da jovem e a levou até o meio do salão. Quando os músicos começaram uma nova música, eles passaram a girar em perfeita harmonia, como se, de alguma forma, tivessem ensaiado para aquele momento. Seus olhares permaneciam grudados um ao outro, e nada à sua volta parecia incomodá-los; nem mesmo os olhares raivosos das moças, incluindo Lady Percy e as duas filhas.

Dinx ergueu o olhar para o céu, como se pudesse ver além do teto, e fez uma prece de preocupação:
— Por favor, Chefinho. Que elas não reconheçam a Cinderela.

Após o pedido, Dinx teve confiança de que as três jamais imaginariam que a moça a dançar com o príncipe poderia ser Cinderela. Afinal, não só ela estava diferente, como o vestido havia sofrido modificações. Além disso, a fada desconfiava de que elas se importavam tão pouco com a jovem, que a última coisa que lhes passaria pela mente naquele momento seria a possibilidade de Cinderela ter encontrado uma forma de ir ao baile.

Quando a música que tocava terminou, Cinderela não se afastou do príncipe; e ele não parecia fazer muita questão de que ela o fizesse, pois permaneceu com os braços próximos à jovem, como se estivesse preparado para mais uma dança. E assim aconteceu. Quando os músicos voltaram a tocar, dessa vez uma música mais animada, os dois voltaram a dançar.

Várias jovens que assistiam à cena soltaram grunhidos e viraram as costas, caminhando em direção a algum canto ou a alguma mesa de petiscos. Dinx, por sua vez, começava a se perguntar se Lin Jeong não teria razão e se ela não deveria ser uma fada do amor.

Ao fim das duas músicas, o casal saiu do meio do salão, e Dinx o acompanhou, voando até uma mesa de petiscos. O príncipe não desviou o olhar de Cinderela por um momento sequer e mal parecia perceber que haviam sido acompanhados por uma comitiva de moças e mães insatisfeitas. A fada viu o rapaz fazer uma breve reverência a Cinderela e convidar uma outra jovem para dançar. Aquela era sua deixa. Ela voou até atrás de uma gigantesca cortina e, ali, voltou ao tamanho normal, tomando cuidado para também sumir com as asas.

Dinx teve dificuldade de se aproximar de Cinderela, pois uma aglomeração ainda se formava à volta dela; as mulheres a encaravam com olhares estreitos e lábios espremidos. Elas sabiam que o príncipe só havia ido dançar com outra moça por educação, pois seus olhos eram apenas para aquela moça de vestido azul e cabelos loiros cintilantes, desde o momento em que ela havia chegado.

A jovem estava parada ao lado da mesa, e, após minutos de luta para passar entre as centenas de saias rodadas, Dinx encostou em seu braço, tirando sua atenção do meio do salão, onde o príncipe dançava.

— Não fique triste — ela falou próximo ao ouvido da moça. — Não pegaria bem se ele dançasse só com você pelo resto da noite e não tentasse pelo menos conhecer outras garotas.

— Eu entendo.

— Será que podemos ir a um lugar mais discreto? Preciso reforçar meus encantos.

Naquele momento, o príncipe, de olhos arregalados, aproximou-se das duas. Dinx nem havia percebido que a música havia parado abruptamente e que agora todo o salão olhava em direção aos três.

— Vamos dançar, por favor. — Ele mostrou a mão para Cinderela. — Ela não para de falar sobre nosso suposto futuro casamento.

Na pista de dança, a moça abandonada procurava com os olhos pelo príncipe perdido.

Cinderela soltou uma risada, aceitou a mão do príncipe e se apressou com ele para o meio do salão.

— Espere! — Os dois já haviam sido engolidos pela multidão de mulheres raivosas, quando Dinx gritou. Se o encanto sobre Cinderela acabasse no meio da festa, ela iria sofrer uma humilhação pública, além de ser descoberta pela madrasta e suas filhas.

— Mãe, eu quero ir para casa. — A fada ouviu ao seu lado uma voz emburrada dizer.

Quando se virou, deu de cara com Lady Percy e as duas jovens. A mais alta estava com os braços cruzados e o rosto carrancudo.

— Ainda há tempo — a madrasta argumentou.

— Está claro que ele já fez a escolha dele! — A jovem bateu os pés no chão, parecendo uma criança a fazer birra.

— Não quero ter que ver o príncipe dançando com aquela moça pelo resto da noite — a mais baixa reclamou.

Lady Percy franziu a testa.

— Talvez, se vocês não tivessem ficado correndo atrás do príncipe desde que chegaram, teriam conseguido fisgar pelo menos um duque!

— Mas a senhora que mandou a gente... — A fala da filha mais baixa foi interrompida quando a irmã lhe deu um beliscão no braço. — Ai!

— Vamos. Parece que não temos mais nada para fazer aqui. — A mais velha levantou o queixo e se virou em direção à escadaria.

Dinx se desesperou quando viu as duas jovens seguindo a mãe em direção à porta. Elas não poderiam chegar em casa antes de Cinderela, ou descobririam tudo!

Ela se apressou entre as pessoas, dando cotoveladas acidentais em algumas pelo caminho, até conseguir alcançar o trio ainda nos primeiros degraus da escada.

Dinx se colocou à frente de Lady Percy e arregalou os olhos.

— Não acredito! Que alegria encontrá-la aqui!

A mulher a olhou de cima a baixo, com a testa franzida.
— Eu te conheço?
— Não se lembra de mim? Nós nos conhecemos no aniversário do meu primo.
— Creio que me confundiu com outra pessoa. — A mulher afastou Dinx para o lado com os ombros e seguiu com o queixo erguido por mais alguns degraus.

A fada correu escada acima para alcançar o trio mais uma vez, e, por mais que jamais fosse dizer em voz alta, estava feliz por estar calçada com as botas de Cinderela, e não com seus sapatos de cristal.

O trio já estava no alto da escadaria, pronto para atravessar a porta, quando Dinx conseguiu se colocar mais uma vez em frente a elas.

— Mas a senhora não é a viscondessa de Rochford? Fiquei sabendo que sua filha mais velha acabou de se casar com o conde de Sunderland. Meus parabéns! A senhora deve estar tão...

O som do badalar do relógio da torre soou, tirando a atenção de Dinx do trio, que, furtivamente, desceu a escada exterior em direção à carruagem.

— Essa não. — A fada olhou para a multidão à procura de Cinderela. Foi quando ela reparou em uma movimentação estranha.

A jovem, reconhecível pelo vestido azul de tom suave, corria em direção à escadaria na qual Dinx se encontrava no alto, e um príncipe confuso e surpreso a seguia.

As ondas perfeitas do cabelo da jovem começaram a se dissolver enquanto ela subia pelos degraus.

Dinx incentivava a moça a ir mais rápido enquanto ela não sabia se olhava para os degraus ou para a saia do vestido, que começava a perder um pouco do volume e a ficar mais parecido ao que era originalmente. A jovem já estava nos últimos degraus quando caiu.

A fada se aproximou e a puxou pelos ombros, ajudando-a a se levantar, e aproveitou para falar em seu ouvido:

— Sua família já está a caminho de casa. Precisamos nos apressar.

O príncipe estava quase a alcançando quando Cinderela recuperou o equilíbrio e seguiu correndo para fora.

Quando chegaram à carruagem, o rabo de um dos cavalos havia voltado à forma normal, e era quase impossível vê-lo no corpo grande do equino. Dinx ergueu a varinha enquanto estava ainda a alguns poucos metros de distância e refez a mágica, ou elas não chegariam à casa de Cinderela naquela noite. Com o fôlego faltando, as duas se sentaram lado a lado no banco do cocheiro e colocaram os cavalos para correr.

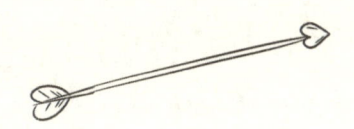

Capítulo 10

Na pressa de chegarem à casa antes do trio, Dinx se esqueceu de renovar o próprio encanto. Seu foco estava em tornar as pernas dos cavalos ainda mais fortes e habilidosas, para que corressem em uma velocidade acima do normal. Por isso, seu cabelo estava sem forma nos cachos, e as manchas de espinhas passadas gritavam em seu rosto.

Cinderela estava tão focada em chegar logo ao seu destino, que não viu a transformação na fada ao seu lado. Mas, quando finalmente pararam em frente ao jardim e soltaram a respiração, aliviadas por não haver sinal da carruagem da madrasta, Dinx se viu sendo encarada por um par de olhos arregalados e um queixo caído.

— É — Dinx resmungou. — Essa sou eu.

As duas correram para dentro da casa e subiram as escadas até o sótão. Dinx estava cansada de toda aquela correria. Nunca havia feito tanta atividade física em um só dia.

— Uau! — Cinderela exclamou assim que viu o quarto transformado, e a fada ficou feliz em ver que o encanto não havia acabado antes que a moça chegasse.

Ainda no início da rua, o som de uma carruagem se aproximando despertou a atenção de Dinx. Poderia não ser o trio se aproximando, mas era melhor não arriscar. Então a fada correu para a janela e desfez a carruagem, que voltou a ser uma abóbora. Os ratos correram para longe.

— É hora de me devolver os sapatos.

Dinx tirou as botas dos pés, aguardando que Cinderela lhe devolvesse seus amados calçados de cristal e torcendo para que a carruagem, com o barulho cada vez mais próximo, não fosse a de Lady Percy.

— Será que Henry vai entender por que eu precisei sair correndo?

Dinx arregalou os olhos.

— Acho que a sua preocupação agora deveria ser tirar esse vestido. — A emoção que mais lhe tomava naquele momento era a agonia ao ouvir o som da carruagem, que parecia diminuir a velocidade à frente da casa.

— Oh! É verdade.

Cinderela tirou um dos sapatos e o estendeu para Dinx. Porém o outro pé da moça estava descalço. A fada varreu todo o lugar com os olhos, e nada de encontrar o outro par.

— Onde está o outro?

— Ele saiu do meu pé quando eu caí na escada. Sinto muito não ter avisado antes, mas só conseguia pensar em chegar à carruagem depressa.

— Você perdeu o outro pé?! — Dinx não conseguia acreditar naquilo. Não era um sapato qualquer; era um sapato feito de cristal. Pior: era herança de sua avó! — Esse sapato tem valor sentimental para mim!

— CINDERELA! — A voz de Lady Percy soou do jardim frontal. — FOI VOCÊ QUE DEIXOU ESSA ABÓBORA AQUI?!

Dinx arregalou os olhos, mas a garota manteve a calma enquanto tirava o vestido.

— Não se preocupe. Já me acostumei a lidar com ela. É melhor você ir procurar o seu sapato.

— CINDERELA! E ESSAS LENTILHAS?!

Pelo visto, o encanto sobre a leguminosa havia se desfeito.

A fada abriu um pequeno sorriso. Estava feliz por ter ajudado Cinderela a ter uma noite de diversão. Só esperava que sua fuga repentina não tivesse decepcionado o príncipe e feito com que ele precisasse escolher como noiva uma das outras moças da festa, ou, mesmo que Lin Jeong chegasse logo para flechá-lo, poderia ser tarde demais.

Lin Jeong... Dinx pensou no amigo enquanto se metamorfoseou para sua pequena forma alada e ergueu voo de volta ao palácio. Esperava que ele estivesse sendo bem-sucedido em sua procura por uma árvore da qual pudesse fazer um novo arco, ou Redrik não lhe daria mais nenhuma chance.

Ainda no caminho, Dinx viu dezenas de carruagens se movendo em direção oposta à sua. Provavelmente, estavam indo embora do baile, pois, assim que se aproximou do palácio, viu apenas alguns poucos veículos estacionados, porém já recebendo seus passageiros.

Dinx vasculhou todo o chão à frente da entrada do salão, olhou cada degrau da escadaria, mas não viu seu sapato. Por sorte, a porta ainda estava aberta, e ela pôde analisar cada canto da escadaria interna. Até voou pelo interior do salão, na esperança de encontrar seu calçado entre a sujeira da festa, porém não havia nenhum sinal do objeto.

Frustrada, ela voltou ao exterior e vasculhou os jardins que cercavam a construção, embora acreditasse ser perda de tempo, já que Cinderela não havia estado por lá. E, no fim, estava certa: aquilo só serviu para deixar suas asas cansadas e doloridas, pois nenhum sapato foi encontrado.

A fada estava sentada sobre um canteiro de hortênsias a fim de descansar as asas, quando um vislumbre de algo brilhante lhe chamou a atenção. Poderia ser apenas uma ilusão de ótica, ou mesmo qualquer outra coisa brilhante, exceto seu sapato, mas ela precisava conferir.

O brilho viera de uma janela no terceiro andar do palácio. Então, apesar das asas cansadas, Dinx levantou voo em direção ao lugar.

Ela se surpreendeu ao ver que, atrás da janela, estavam uma cama enorme, móveis trabalhados e, andando de um lado ao outro, o príncipe; e, em sua mão direita, estava o seu sapato de cristal.

— Assim que amanhecer — ele falava com alguém que Dinx não conseguia ver —, quero meus melhores cavalos preparados. Preciso encontrar a dona deste sapato.

— Claro, Alteza. — Uma voz masculina respondeu. — Acredito que não será difícil. Poucas moças devem possuir um pé tão pequeno a ponto de caber nesse sapato.

— Eu tenho! — Dinx gritou, embora, devido ao seu tamanho reduzido, tenha soado como um som agudo, baixo e incompreensível.

A fada já começava a traçar um plano: quando o príncipe fosse dormir, ela voaria para dentro do quarto, usaria sua varinha para deixar o sapato menor, o calçaria e iria embora. Mas, como se fosse capaz de ouvir os pensamentos da fada, o rapaz se aproximou da janela e a fechou.

Dinx bufou de raiva e se sentou no parapeito.

— Ainda há convidados lá fora? — A voz do príncipe agora soava abafada pelo vidro.

— Creio que apenas alguns poucos zangados pelo fim repentino.

De costas para a dupla de homens, ela tentou pensar pelo lado bom: pelo menos o príncipe havia se encantado com Cinderela a ponto de encerrar o baile após sua saída. E não apenas isso: ele parecia decidido a encontrá-la, o que significava que o trabalho de Dinx havia sido bem-sucedida. Ela só não saberia como as coisas aconteceriam quando ele visse a verdadeira aparência da moça, com seus cabelos ressecados e as olheiras gritantes. Mas ela não teve muito tempo para se preocupar com isso. O dia agitado lhe provocou um bocejo, e logo ela estava dormindo contra a janela do palácio.

✦ ✲ ✦

Já era o meio da madrugada quando Lin Jeong finalmente encontrou algumas acácias na Floresta Densa do Lago Lamurioso. Suas asas já estavam começando a ficar doloridas, e ele se sentiu aliviado em poder pousar. Passou pelo lago que dava nome à floresta e molhou o rosto, para recuperar um pouco das energias.

Enquanto caminhava em direção à árvore escolhida, tentava não pensar nas lendas que cercavam aquele lugar e faziam alguns lenhadores temerem passar das dezoito horas ali. Tirou o machado do cinto e começou a trabalhar.

Entre enxugadas no suor que escorria pelo rosto, Jeong dava as machadadas e pensava que talvez fosse melhor começar a praticar alguns exercícios físicos. Após muito esforço, a árvore caiu.

O jovem pegou as outras ferramentas no cinto e começou a confeccionar o novo arco.

Enquanto as mãos trabalhavam, ele começou a se questionar se Dinx teria conseguido fazer um bom trabalho. Àquela hora, com certeza o baile já havia terminado. Bem, precisava pensar positivo. Não gostava de pensar na ideia de precisar voltar ao seu país, primeiro pela situação política frágil em que estava, e também porque... precisava admitir, não queria perder o contato com Dinx.

Os dois tinham seus defeitos, mas haviam aprendido a conviver e a admirar o que o outro tinha de melhor. Como todo ser debaixo do céu, tinham o que melhorar. Lin Jeong precisava se esforçar para ser mais atento e um profissional melhor, e Dinx precisava entender que não eram seus encantos que a deixavam bonita e encantadora. Dinx... O rapaz era grato por tê-la em sua vida. E, sim, ela era um dos grandes motivos para Lin Jeong temer ser demitido. E suas últimas trocas de olhares, o nervosismo e o formigamento no estômago mostravam que havia algo ali; algo que ultrapassava as fronteiras da amizade. Já eram próximos havia mais de um ano, tempo em que puderam se conhecer o suficiente para saberem que combinavam como nunca haviam combinado com outro alguém. Jeong precisava fazer algo quanto a isso.

Estava decidido. Assim que fosse resolvida sua situação profissional, assim que fosse finalizado o caso do príncipe e ele tivesse a certeza de que não iria perder seu emprego, Jeong se tornaria um funcionário melhor. E, quanto a Dinx, deixaria sua timidez de lado e tomaria uma atitude.

Quando finalmente terminou o arco, sentiu que tinha uma nova energia, um ímpeto de fazer o seu melhor. Transformando-se em sua forma alada, voou de volta à cidade.

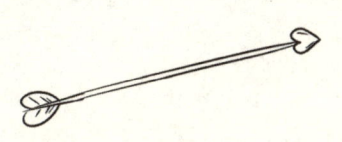

Capítulo 11

— Você não pode expulsar o Jeong! — Dinx acordou com um pulo, gritando a frase. Havia tido um pesadelo horrível, que a deixava angustiada apenas de se lembrar das cenas.

Levou algum tempo até perceber que não estava em seu quarto na Fadas Madrinhas S.A., e sim no parapeito da janela do quarto do príncipe. Ela se levantou, ainda bocejando, e se virou para conferir se o rapaz ainda dormia.

O quarto estava vazio, a cama arrumada, e nem sinal de seu sapato.

— A Cinderela! — Ela então se lembrou. — Preciso deixá-la bonita para quando o príncipe encontrá-la!

Fadas Madrinhas S.A.

A fada não perdeu tempo. Levantou voo e, enquanto seguia em direção à propriedade dos Percy, aproveitou para usar de seus encantos e melhorar sua aparência.

A carruagem real já estava em frente à propriedade quando Dinx chegou, e ela se perguntou quantas horas já eram para que o príncipe já tivesse visitado todas as outras casas no caminho.

— Essa não. Acho que já é tarde demais.

A porta da frente da casa estava aberta, e, mesmo de longe, Dinx pôde ver a movimentação do lado de dentro.

— Pobre Cinderela. — A fada lamentava não ter chegado a tempo para melhorar a aparência da garota.

✦✷✦

O sol já estava nascendo quando Jeong havia chegado à cidade. Sem precisar voar de forma mais lenta, observando com minúcia a paisagem abaixo de si, à procura da árvore certa, sua viagem de volta foi mais rápida que a de ida.

Foi diretamente ao palácio. Precisava encontrar o príncipe e segui-lo até encontrar o momento perfeito para flechá-lo. Era um trabalho para observadores pacientes. Mas, se Dinx tivesse sido bem-sucedida no baile, Jeong não teria tanto trabalho; o príncipe logo iria querer se reencontrar com Cinderela, chegando ao momento perfeito para a flecha ser lançada.

O rapaz olhou por todas as janelas, viu empregados, guardas, mas nenhum sinal de alguém bem-vestido o suficiente para ser o príncipe. Teria o rapaz saído? Se sim, precisava mudar de estratégia.

Decidiu ir até a casa de Cinderela, cujo endereço constava nos papéis que havia recebido com a descrição do serviço. Se acompanhasse a moça, também poderia chegar ao momento ideal para a flecha entrar em ação.

Passou pelas ruas movimentadas da capital, até uma área mais calma e residencial. Ainda no início da rua onde se encontrava a propriedade que procurava, avistou a carruagem real, com o brasão da família em seu exterior e uma dupla de soldados estáticos a ladeando. Teria sido o príncipe tão rápido assim?

✦✦✦

Dinx entrou na casa, mantendo-se próxima ao teto para que ninguém a visse ou pensasse que fosse um mosquito e decidisse esmagá-la com as mãos.

— Coitadinha. — Cinderela estava sentada no sofá da sala de estar com um vestido cinza rasgado na barra. E Dinx preferia nem reparar no cabelo e nas olheiras outra vez. Mas o que tornava a cena estranha era o fato de Cinderela ter, em um dos pés, uma bota velha e esfarrapada, e no outro, o sapato de cristal da fada.

À sua volta, estavam a madrasta e as duas jovens. E, à frente do sofá, estava o príncipe, acompanhado de outros dois cavalheiros.

— Eu sabia que era você. — O príncipe mantinha um sorriso tão largo, que faltava pouco para os cantos da boca alcançarem suas orelhas.

— O que está acontecendo aqui? — Lady Percy perguntou, com as mãos na cintura.

— Eu tenho o costume de fugir do palácio e me passar por plebeu, para conhecer a realidade do meu povo e, assim, ser um bom rei um dia. Conheci Cinderela algumas semanas atrás, na feira, enquanto ela fazia algumas compras para a casa. Logo me encantei pela pureza e doçura dela. — O príncipe olhou para Cinderela com olhos brilhantes, e a moça soltou um suspiro tão longo, que ela parecia ter se derretido como manteiga em tempo quente. — Por isso fiquei tão bravo quando meu pai disse que daria aquele baile: eu já tinha encontrado quem eu queria como minha futura esposa. Deus sabe o quanto orei para que Cinderela aparecesse naquele baile.

Dinx ficou feliz ao ver que aquele caso não era só um atendimento à prece de Cinderela, mas do príncipe também.

Ele então passou a ignorar Lady Percy e falou apenas para Cinderela:

— Eu queria já ter pedido a sua mão, mas, quando dei um pequeno sinal de minhas intenções, você simplesmente desapareceu, e eu não te vi mais voltar à feira. E você nunca sequer me disse onde morava.

— Então foi por isso que você demorou tanto essa semana — Lady Percy reclamou. — Estava fazendo as compras em outro lugar!

— Eu não sou uma moça nobre. — Cinderela suspirou. — Eu sabia que, quando você percebesse que nós dois juntos era loucura, acabaria desistindo. Então preferi acabar com isso antes de eu me machucar mais.

— Não é nobre... — a madrasta comentou, ainda sendo ignorada. — Que bobagem. Você é filha do Lord Percy!

— Filha do Lord Percy? — O príncipe franziu a testa, finalmente dando alguma atenção às falas da mulher mais velha. — Pensei que fosse uma empregada da família.

— Eu sempre disse que Cinderela deveria ser mais vaidosa — Lady Percy comentou, e Dinx sentiu uma vontade grande de enchê-la de verrugas naquele momento, por tamanha mentira.

— Mas a senhora não a deixava... — A moça mais baixa foi, como parecia ser costume, interrompida por um beliscão da irmã mais alta. — Ai!

A sala foi tomada por um silêncio constrangedor enquanto o príncipe encarava Lady Percy com os olhos apertados, parecendo tentar entender alguma coisa. Até que Cinderela resolveu falar:

— Você achava que eu era uma empregada e, ainda assim, não se importava com isso?

— É claro que não! — O príncipe deixou os olhos apertados dirigidos a Lady Percy e voltou a encarar Cinderela com ternura. — Quando você sumiu, pensei que não quisesse se casar comigo.

— Por que você acha que eu quis ir àquele baile?! Quando pensei em você se casando com outra...

Então Dinx entendeu todo o choro da moça no dia anterior, quando a madrasta a impediu de ir à festa.

— Consegui! — A fada se assustou com o grito ao lado de sua orelha, e, quando olhou para a sua direita, deparou-se com Lin Jeong, também em sua forma reduzida e alada, exibindo um arco novo.

— Jeong! — Dinx sentiu o corpo se mover em um pulo na direção do rapaz, pronta para apertá-lo em um abraço de alegria, mas se conteve.

— Que bom ter te encontrado. — O jovem sorriu. — Fui ao palácio para procurar pelo príncipe, mas não o achei em canto nenhum, então pensei que você estivesse por aqui e...

— Shiii... — Dinx colocou o dedo indicador em frente aos lábios. — Acho que não vamos precisar da sua flechada.

O príncipe havia acabado de se ajoelhar em frente a Cinderela e pegar as duas mãos dela.

— Você, Cinderela, aceita se casar comigo?

— Sim!

O príncipe abriu um sorriso gigante, Dinx pulou no ar e Lin Jeong gritou de alívio:

— Você conseguiu!

— Na verdade, eu não precisei fazer muita coisa. Tudo bem que ela não teria ido ao baile sem a minha ajuda... Não do jeito como estava maltrapilha...

Naquele momento, o príncipe colocava um anel delicado e brilhante no dedo de Cinderela, enquanto a madrasta e as duas jovens olhavam para a joia com olhos arregalados.

— Sabe — Lin Jeong comentou —, o amor não olha tanto assim para a aparência.

Dinx virou a cabeça em direção ao amigo.

— O quê?! Então quer dizer que... Quer dizer que eu sempre me esforcei para estar impecável à toa?!

Dinx ficou com o rosto vermelho, mas nada tinha a ver com vergonha, e sim com a raiva que parecia ter lhe tomado conta.

— Não é bem isso... Não é que beleza não importe. Ela só não é tudo o que importa. — Dinx passeou com os olhos para todos os lados, como se tentasse compreender a fala do amigo. — É, acho que eu estava errado. Você não se daria bem como fada do amor. Parece que você não entende tanto sobre essas coisas do coração.

Lin Jeong observou o rosto de Dinx ficar ainda mais carrancudo e achou melhor se afastar antes que ela explodisse. Vagarosamente, foi voando em direção à saída da casa, porém a fada o acompanhava.

— Eu não acredito! — Ela esticou os braços ao lado do corpo, com as mãos fechadas.

— E eu não entendo por que você está tão brava. Espera... — Lin Jeong coçou a cabeça. — Você está brava porque se enchia de encantos para chamar a atenção de alguém, mas agora percebeu que não precisava de tanta preocupação!

Ele ergueu um dedo ao ar e arregalou os olhos, como se tivesse feito a maior descoberta de sua vida. Ao mesmo tempo, sentiu um nervosismo tomar conta de si, um medo de que ela estivesse tentando chamar a atenção de alguém que não fosse ele.

Dinx apenas cruzou os braços e olhou para longe, emburrada. Não parecia disposta a responder, mas Lin Jeong a conhecia o suficiente para saber o que aquela reação significava: a reação de quem não quer admitir que foi descoberto.

— Mas quem? — Ele sentiu o mundo parar, como se tudo dependesse daquela resposta. Teria ele esperado demais, a ponto de aparecer outro rapaz na vida de Dinx?

A fada bufou e apressou seu voo, ultrapassando o amigo no seu caminho para longe da propriedade dos Percy, enquanto resmungava:

— E sou eu quem não entende sobre essas coisas do coração — sussurrou, apenas para si. — Ele... Ele é um cego!

— Cego?! O que deu em você?!

Dinx arregalou os olhos, percebendo que havia falado mais alto do que deveria.

Soltou outro grunhido e se apressou ainda mais, torcendo para conseguir ficar o mais longe possível de Lin Jeong. Então ele entendeu. E, tão de repente quanto a compreensão, a alegria se apossou dele.

— Dinx! — O rapaz colocou todo o empenho no bater de suas asas, para alcançar a amiga. — Dinx!

— O que foi?! — A jovem parou e se virou para trás, dando de cara com Jeong parado no ar.

— Você não está querendo dizer que... que... — O rosto do jovem se tingiu de vermelho, e ele começou a coçar a nuca. Sua vontade foi de confrontá-la, perguntar até ela enfim admitir que era ele o alvo de suas intenções. Mas o rapaz foi tomado pelo constrangimento. Não seria legal de sua parte embaraçá-la ainda mais do que já estava. — Pode deixar.

Dinx soltou a respiração, parecendo aliviada. Já Jeong desviou o olhar da amiga para o caminho que se estendia atrás dela. Precisava tomar coragem. Precisava encontrar a melhor forma de falar o que gostaria, sem parecer repentino.

— Você não precisa se encher de encantos, Dinx. Não precisa fazer isso para chamar a tenção de ninguém. Você é lin... — A voz de Lin Jeong foi sumindo à medida que terminava a frase — ...da, sem precisar disso.

Dinx sentiu um calor confortável atingir seu coração, ao mesmo tempo que foi preenchida por uma calma e sentiu suas bochechas queimarem.

— Você acha?

— Sim!

Ela sorriu e ficou sem saber como reagir.

— Ah, eu duvido que você continuaria achando isso se me visse logo depois de acordar.

Os dois riram e, depois de alguns segundos, sem saber como continuar dali para frente, se encararam em silêncio, com as bochechas rosadas.

Dinx raspou a garganta e Lin Jeong coçou a nuca. Era hora de o rapaz enfrentar a timidez. Então soltou a pergunta:

— Sabe o Césaris?

A fada arregalou os olhos. Se ela tivesse seguido seu impulso, teria gritado "Sim! Eu conheço!", com um sorriso gigante. Porém achou mais elegante esperar pelo que mais Lin Jeong tinha a dizer.

— Que tal um daqueles bolinhos de baunilha cobertos com creme de açúcar?

— Seria perfeito! — Dinx deu um pulinho no ar, com os olhos brilhando.

A fada concluiu que era melhor começar a providenciar alguns elementos do enxoval. Talvez ela até mesmo encomendasse um par de sapatos especiais para o casamento, já que um dos de cristal havia ficado com Cinderela. Quem sabe um par de sapatos de ouro!

Constrangida pelos pensamentos um pouco empolgados demais, repreendeu-se mentalmente. Jeong já havia a convidado para o lugar mais romântico do reino. Por ora, aquilo deveria ser o suficiente para acalmar o coração impulsivo de Dinx. Seria uma tarefa difícil, ela sabia, mas precisava ter o coração mais tranquilo. Por isso, tentou mudar de assunto enquanto ela e Lin Jeong viajavam de volta à Fadas Madrinhas S.A.

— Como você acha que o Chefinho, lá de cima, escolhe quais trabalhos vai mandar para nós?

— Nunca tenho certeza sobre isso. — Lin Jeong pensou um pouco e, então, concluiu: — Mas algumas coisas estão começando a fazer sentido. Ele sabia que o príncipe não precisava de uma flechada, mas que Cinderela precisava de sua ajuda.

Dinx deixou o queixo cair.

— E sabia que eu te ajudaria quando o arco desaparecesse! Aliás, o que será que aconteceu com ele?

Não foi preciso pensar muito. Eles mal haviam atravessado a divisa da propriedade, quando Lin Jeong arregalou os olhos.

— Não acredito!

Bem no meio do gramado que forrava o chão da parte frontal do terreno da Fadas Madrinhas S.A., Bela estava deitada, concentrada em sua tarefa: terminar de destruir um certo arco.

Lin Jeong voltou à forma humana e correu pelo gramado em direção à cadela.

Fadas Madrinhas S.A.

Bela, por sua vez, ao ver que o rapaz vinha em sua direção, levantou-se do lugar com o arco na boca e correu para longe, balançando o rabo felpudo como se estivesse fazendo parte de uma divertida brincadeira. Enquanto os dois travavam uma corrida, Dinx apenas ria.

✦✦✦

Cinderela cantarolava enquanto organizava em um baú seus poucos pertences que valia a pena manter. Do lado de fora da mansão dos Percy, uma carruagem real a aguardava para levá-la até o palácio, que lhe serviria de abrigo enquanto a jovem se preparava para o casamento. Um dos pares de sapato de cristal, embora fosse o objeto mais precioso dentre os que ela organizava, não iria para a nova moradia. Cinderela faria questão de entregá-lo à sua dona quando a visse na festa.

Antes de descer pela escada do sótão e pedir para que um dos homens do rei a ajudasse com o baú, ela olhou para o quarto e soltou um longo suspiro. Sentiria saudades. Embora tivesse lembranças ruins naquela casa, Dinx havia sido bondosa e transformado o sótão em um lugar aconchegante e confortável para Cinderela. Confusa, lembrou-se da fada dizendo que seus encantos não duravam mais do que uma hora e recordou-se da correria com que precisaram sair do baile real antes que a mágica colocada sobre ela se esvaísse. Estranhamente, o quarto havia mantido a transformação por todo aquele tempo.

— Talvez com algumas coisas seja diferente.

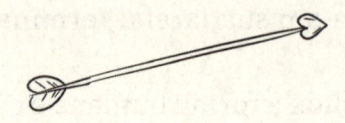

Capítulo 12

Já fazia alguns minutos que Dinx usava seus encantos de fada artesã para ficar com a aparência tão perfeita quanto possível. Ela ainda corava o rosto, quando se lembrou da fala gaguejada e hesitante de Lin Jeong sobre ela ser linda sem precisar deles, mas um encontro no Césaris era mais do que especial. Será que Lin Jeong planejava declarar-se formalmente? Será que ele lhe pediria para cortejá-la, para se casar com ela, já que esse era o principal motivo pelo qual rapazes convidavam moças à mais famosa cafeteria do reino? Isso explicava o nervosismo de Dinx por não conseguir criar em si a aparência perfeita.

A fada respirou fundo. Precisava acalmar os pensamentos e, principalmente, o coração. Não seria saudável ficar criando tais expectativas. Por mais que o Césaris fosse conhecido como um ponto onde casamentos eram propostos, isso não lhe dava nenhuma garantia. Deveria ir com o coração alegre, mas também com um pouco de racionalidade. Ou melhor, precisava de toda a racionalidade do mundo.

Do tapete, Bela observava a dona com curiosidade, levantando os olhos toda vez que a fada erguia a varinha para mudar algo em seu vestido, em seu cabelo ou em sua pele.

— Talvez eu devesse escutar o que Jeong disse. Talvez eu devesse deixar minha aparência mais natural. — Dinx fez um beicinho com os lábios e, com a varinha mágica, desfez todos os encantos que havia colocado em sua aparência.

Ela se virou de costas para o espelho e encarou a cachorrinha.

— O que acha, Bela?

A filhote de samoieda ergueu o corpo pequeno e peludo, e soltou uma latida curta e aguda. Dinx voltou a se olhar no espelho e soltou um gemido ao reparar nas manchas de espinhas sobre a pele do rosto.

— Mas olha essa pele... — Às suas costas, a cadela se deitou novamente, soltando um gemido de descontentamento.

A fada estava prestes a erguer a varinha para o alto, visando tentar mais uma vez transformar sua aparência, quando foi surpreendida por uma batida à porta do quarto. A voz de Amarílis, da secretaria, soou do lado de fora:

— Correspondência para senhorita Dinx.

À frente da jovem fada, apareceu um envelope flutuando. Curiosa, Dinx o pegou, deparando-se com o brasão da família real no selo, o que fez com que as sobrancelhas da fada se erguessem. Abriu o envelope com cuidado, como quem lida com o mais delicado dos objetos.

— Uau! — Ela admirou o brasão real cobrindo toda a extensão do papel. — Viu só, Belinha, como estou importante? — Ela se virou em direção à cadela, que apenas ergueu os olhos para a dona, permanecendo deitada, com a cabeça sobre as patas. — Recebi uma correspondência do palácio real!

As sobrancelhas erguidas logo se franziram quando Dinx começou a ler o conteúdo no papel. Uma letra elegante a convocava para se apresentar no palácio real imediatamente. Apenas isso. Sem motivo ou justificativa. Nem mesmo um nome de remetente havia sido escrito. Porém o fato de a correspondência carregar o selo da família que governava aquele reino era o suficiente para Dinx saber que o convite não deveria ser recusado.

— Mas... E o Jeong? — Bela choramingou atrás da dona, e Dinx se virou para respondê-la. — Mas deve ser algo importante. E eu não posso recusar uma convocação do palácio real. Vai saber o que poderia acontecer comigo. Será que eu seria presa?!

Bela soltou uma longa respiração, o que produziu um som agudo.

— Espero que seja algo rápido e que não me atrapalhe a ir ao Césaris — Dinx resmungou, antes de jogar sobre si um encanto que a deixou com uma aparência melhor, embora ainda não da forma como desejava. Transformou-se em sua forma pequena e alada e voou pela janela do quarto, rumo ao palácio.

Durante o trajeto, avistou a casa de Cinderela. Sentiu vontade de fazer uma visita, mas não tinha tempo para isso agora. Apressou-se para chegar ao palácio e resolver o mais rápido possível qualquer coisa que fosse.

Ao se aproximar da escadaria que levava até a porta principal, Dinx voou até o chão e voltou à forma humana.

Fadas Madrinhas S.A.

Respirou fundo, subiu pelos degraus e ajeitou o cabelo antes de falar com um dos guardas à entrada.

A fada estendeu a correspondência, mostrando-a ao homem.

— Fui convocada ao palácio.

O guarda pegou o envelope, analisou o selo e o abriu, lendo o conteúdo da correspondência. Ao finalizar, devolveu os papéis para Dinx e deu um passo para o lado, abrindo caminho para que a jovem entrasse.

— Obrigada!

O interior do salão, que dias antes havia servido de local para um baile, agora estava tão vazio, que Dinx tinha certeza de que podia ouvir ecos de seus passos. Ela olhou para todos os lados, sem saber para onde ir. Se pelo menos passasse algum funcionário, ela poderia lhe fazer perguntas, como para onde ir ou quem havia lhe enviado aquela correspondência.

O som de passos que não eram os de Dinx preencheu o local, e logo um corpo humano passou por uma porta lateral, entrando no salão.

— Dinx! — A pessoa falou ao mesmo tempo que se aproximou da fada com pressa, apertando-a em um abraço com apenas um dos braços, já que o outro estava ocupado por carregar uma caixa.

A fada reconheceu a dona da voz, Cinderela, e retribuiu o gesto de carinho.

— Venha. — Cinderela se afastou, pegou a mão direita de Dinx e a conduziu a uma porta lateral direita, que dava para o exterior do palácio. — Preciso falar com você.

— Foi você quem me chamou aqui?

— Claro! — As duas saíram para o exterior, seguindo pela lateral da construção. — Tenho algo muito importante para falar com você, e coisas importantes precisam ser ditas pessoalmente.

Chegaram aos fundos, onde Dinx reconheceu o jardim enorme.

— Ah, e é claro que eu precisava te devolver isso. — Cinderela estendeu a caixa para Dinx, que a pegou com esperança no olhar.

A fada abriu a tampa, deparando-se com seu querido sapato de cristal desaparecido.

Contendo a alegria de ver um item tão especial outra vez, tirou os olhos dos calçados para encarar Cinderela.

— Por que você não os usa no seu casamento? Afinal, foi para isso que eles foram feitos inicialmente.

— Ah, não. Sei que eles são especiais para você. Além disso, eu me sentiria péssima se algo acontecesse a eles. Fico melhor sabendo que ambos voltaram às mãos da verdadeira dona.

Cinderela olhou para trás, em direção ao local onde a construção real estava. Uma funcionária, vestida com o uniforme cinza e branco, passou por elas e entrou no palácio. Cinderela esperou e, ao ver que não havia ninguém por perto, falou para Dinx:

— Eu te chamei aqui para falar justamente sobre isso: o meu casamento. As damas de companhia fazem um ótimo trabalho, mas ele não chega aos pés do seu. Além disso, foi você que participou do momento que marcou meu relacionamento com Henry, então também quero que você faça parte do dia mais importante para nós.

Dinx segurou a respiração, pois não queria demonstrar estar empolgada antes de Cinderela completar a fala. A jovem segurou as mãos da fada e olhou em seus olhos:

— Dinx, eu quero que você me arrume no dia do meu casamento.

A fada não mais se segurou. Ergueu-se do chão em pulos de alegria.

— Eu não acredito! Eu, trabalhando no casamento real?!

Um sorriso quase do mesmo tamanho do rosto de Dinx mostrava sua empolgação, mas, poucos segundos depois que havia surgido, ele se apagou, juntamente com o encolher de ombros da dona.

— Acho melhor não...

— O quê? — Cinderela arregalou os olhos. — Mas por quê?

— Você sabe que eu tenho aquele probleminha... — Dinx olhou para o chão, triste por ter que recusar uma oportunidade como aquela. — E se eu não conseguir refazer algum encanto a tempo? Eu estragaria o casamento mais importante da década!

— Mas eu pensei que você já tivesse superado esse problema. Pelo menos foi assim com meu antigo quarto.

Dessa vez, foram os olhos de Dinx que arregalaram.

— Como assim? Seu antigo quarto? Você está morando no palácio? — *Faz sentido a menção a damas de companhia,* Dinx pensou.

— Não exatamente. Estou morando em uma residência menor, no Centro, pertencente à família real. A rainha achou melhor eu sair do convívio, você sabe, da minha família, quanto antes.

— Não sei se dá para chamar de família... — Dinx resmungou.

— Mas a questão é que o quarto permaneceu do jeitinho que você deixou.

— Não acredito. — Só então Dinx deu atenção à informação. — Como isso é possível?!

— Não sei, mas, quando eu estava de saída, ele foi motivo de briga entre minhas irmãs, para ver quem ficaria com ele.

Dinx precisou de alguns segundos para lidar com a notícia que havia recebido.

— Então encontrei a solução! — ela gritou. — Só não sei qual é... — A fada começou a bater, ritmadamente, o dedo indicador em seu queixo. — A intenção... Eu não posso! — Ela gritou de repente. — Sinto muito. Seria o auge da minha carreira trabalhar em um casamento real, mas não posso pegar uma responsabilidade tão séria como essa sem antes entender como controlar meus encantos. Preciso ir!

Sem se despedir, Dinx se transformou e levantou voo.

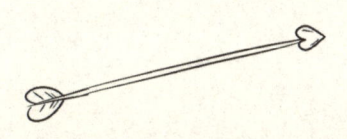

Capítulo 13

Pegando um desvio no caminho, Dinx voou em direção à antiga moradia de Cinderela. A propriedade deveria pertencer à moça por direito, e qualquer outra pessoa no lugar dela, incluindo Dinx, teria expulsado a madrasta e as filhas de lá, principalmente agora que tinha o apoio da família real. Mas Cinderela era bondosa demais para isso e jamais pagaria o mal com ainda mais mal. Afinal, para quem estava prestes a se tornar princesa, o que era uma simples mansão?

A fada parou em frente à claraboia do sótão, antigo quarto de Cinderela. Aproximou seus olhos do vidro e arfou em surpresa ao ver que era real: os encantos que ela havia usado no local, para transformá-lo em um quarto aconchegante, estavam intactos! Como aquilo era possível? A intenção... Dinx tentou se lembrar da noite em que transformara o local, mas só se lembrava dos fatos ocorridos, e não de seus pensamentos, emoções ou intenções. Bem, a não ser da intenção de ajudar Lin Jeong a cumprir a tarefa.

— Jeong! — Dinx arregalou os olhos ao se lembrar do compromisso com o amigo. Havia esperado tanto por aquilo! Como poderia ter se esquecido por alguns minutos que fosse? E os encantos ainda estavam começando a se perder.

A fada tentou usar o próprio reflexo no vidro da claraboia e, embora ele não fosse tão nítido quanto um espelho, ela se esforçou para deixar seus cabelos com cachos perfeitamente modelados e sua pele do rosto tão lisa quanto a de um bebê. Não estava tão impecável quanto gostaria, mas não podia arriscar se atrasar ainda mais. Foi quando escutou uma voz feminina e madura dizer:

— Eu que agradeço.

Dinx olhou para baixo e viu a porta da frente da casa ser fechada ao mesmo tempo que uma pessoa se afastava da propriedade. Poderia ser uma situação comum; um conhecido visitando a madrasta de Cinderela. Mas algo chamou a atenção de Dinx: o uniforme cinza e branco usado pelos funcionários do palácio real. Bem... Agora que Cinderela estava próxima à família real, a madrasta poderia ter chamado algum funcionário para saber como andava a garota. Isso seria estranho, visto que a mulher não parecia ter se importado algum dia com a jovem, mas era uma hipótese que não poderia ser rejeitada. Mas, de qualquer forma, aquilo não era da conta de Dinx. Seu dever agora era voar em direção ao Césaris, o que ela fez.

A fada se apressou tanto, que começou a sentir dor nas asas, mas não desanimou. Já estava a uma rua da famosa cafeteria, quando viu abaixo, caminhando com as mãos enfiadas nos bolsos da calça e chutando o ar, Lin Jeong.

— Essa não... — ela lamentou, mudando a rota do voo para alcançá-lo. Pela direção em que caminhava, Jeong retornava à Fadas Madrinhas S.A.

Dinx voltou à forma humana na frente do amigo, que parou no mesmo instante.

Os dois permaneceram se olhando por alguns segundos, ambos sem saberem o que dizer. Jeong revezava o olhar entre a amiga e qualquer coisa atrás dela; Dinx fazia o mesmo. Não que Dinx estivesse com vergonha de dizer algo. O problema eram as bochechas vermelhas de Jeong, que só ficavam assim em duas ocasiões: quando estava com vergonha ou quando estava irritado. E Dinx apostava mais na última opção.

— Jeong...

— Se você não queria, poderia... — Jeong passou a mão pelo cabelo, bagunçando-o, enquanto olhava para o chão.

A fada ficou alarmada com a fala do rapaz. Como assim ele achava que ela não queria ter ido?

— Mas é claro que eu queria ir ao Césaris com você! Aconteceu um problema. Fui convocada ao palácio real. — Dinx estendeu o envelope ao amigo.

O rapaz precisou apenas ver o selo para acreditar na amiga e arregalar os olhos.

— Aconteceu alguma coisa?

— Não exatamente. Cinderela me chamou para arrumá-la no casamento.

— Isso é incrível! — Lin Jeong abriu um sorriso, o que deixou Dinx aliviada. Parecia que, em poucos segundos, a tensão havia se dissipado.

— Sim, mas infelizmente eu não posso, você sabe por quê. Mas a grande questão é que ela disse que o quarto dela, transformado por mim, continuou do mesmo jeito. — Ao ouvir isso, Lin Jeong abriu ainda mais os olhos. — Sabe o que isso significa? Pela primeira vez, um encanto meu durou!

— Não creio... Quer dizer, eu acredito, mas... como?

— Não faço ideia.

— Ela tem certeza disso?

— Sim. Pode conferir, se quiser.

Lin Jeong pensou por alguns instantes antes de voltar a falar:

— O que a Cimélia havia dito mesmo? Que o problema poderia estar na intenção?

— Sim, só que eu não consigo me lembrar de qual havia sido exatamente a minha intenção quando fiz os encantos no quarto. — Dinx respirou fundo. — Sei que já fui péssima com você hoje, mas será que não dá para tentar uma reserva no Césaris outro dia?

— Está bem... — A voz de Lin Jeong parecia tão desanimada quanto a de Dinx ao acordar cedo por alguma obrigação.

— Prometo não te decepcionar da próxima vez. Agora vem comigo?

Dinx se transformou na forma alada e Lin Jeong a seguiu, voando os dois em direção à corporação onde viviam e trabalhavam.

✦✶✦

Assim que chegou à Fadas Madrinhas S.A., Dinx refez os encantos que havia usado em si, reforçando a aparência que tanto fazia questão de manter. Lin Jeong expressou estar com fome com um alto roncar de seu estômago e preferiu ir à cozinha para procurar algo de comer, enquanto a amiga se dirigiu à sala de Cimélia.

A supervisora do setor das fadas artesãs abriu a porta assim que Dinx bateu.

— Dinx! Fiquei sabendo que você recebeu uma correspondência do palácio real. Espero que não tenha acontecido nada grave.

Dinx abriu um sorriso.

— Claro que não. Cinderela quis me fazer um convite e também me devolver meu sapato. — A fada ergueu a caixa, mostrando-a à superior. — Mas vim te procurar porque ela me contou algo animador e ao mesmo tempo intrigante.

Cimélia ergueu as sobrancelhas em sinal de curiosidade enquanto acenava para ela se sentar à mesa. Assim que se viu confortável, Dinx prosseguiu:

— Bem, enquanto Cinderela seguia para o baile real, eu usei meus encantos para transformar em um quarto belo e confortável o sótão onde ela dormia. Só que ele não se desfez. Ele continua exatamente da mesma forma como deixei!

A supervisora abriu os lábios em um sorriso, terminando de se sentar na cadeira atrás da mesa de seu escritório.

— Você está chegando à solução para o seu problema!

— Se eu ao menos conseguisse me lembrar de qual havia sido a minha intenção... — Dinx resmungou.

— Então poderíamos comparar com as outras situações e entender a diferença entre quando seus encantos não duraram e quando seu encanto durou — Cimélia completou. — Você tem certeza de que não se lembra? Nada?

— Lembro que fiquei um pouco comovida com a situação e triste pela Cinderela.

— Prossiga. — Cimélia gesticulou com as mãos, pedindo para que a fada mais jovem continuasse.

— Bem... Eu sempre acreditei que a beleza tem um papel importante no nosso bem-estar. Ninguém gosta de ficar em um lugar feio e bagunçado, por exemplo. A gente se sente mais confortável em lugares bonitos e arrumados. E o quarto dela, bem... nem dava para chamar de quarto. Ela dormia em uma cama velha no sótão. E tinha até ratos! — Cimélia arregalou os olhos e abriu a boca em espanto. — É, eu também fiquei horrorizada, mas até que eles foram bem úteis no final. Porém a moça já sofria tanto com aquela madrasta, que pensei que ela merecia ao menos um lugar aconchegante para o qual pudesse voltar toda noite.

Tão lento quanto o desabrochar de uma flor, Cimélia ergueu os lábios em um sorriso.

Desconfiada, Dinx a perguntou:

— O que foi?

— Você encontrou a motivação certa. Esse é o segredo.

Dinx olhou para a supervisora por alguns segundos, em silêncio, até que Cimélia, ao perceber que a jovem não havia entendido, explicou:

— Você usou seus encantos para transformar o mundo de alguém. É esse o propósito da Fadas Madrinhas S.A. É para isso que o Chefe nos chamou.

— Então... — Dinx tentou juntar as peças em sua mente, no entanto elas não se encaixavam com perfeição. — Mas eu não entendo. Quer dizer... Quando uso os meus encantos, eu também quero tornar tudo melhor.

— Melhor por quê?

Melhor por quê? Porque sim, Dinx pensou.

Cimélia observou Dinx por um tempo antes de tentar ajudá-la com mais um questionamento:

— O que está por trás do seu esforço em sempre manter uma aparência perfeita?

Dinx arregalou os olhos.

— Mas não é só isso! Quando ajudei Cinderela a ficar bonita para o baile, tudo acabou também.

— Mas será que você a ajudou pelo mesmo motivo de ter transformado o quarto?

A jovem fada ficou sem palavras. Então tudo o que conseguiu dizer foi um simples:

— Não...

No fundo, ela sabia a resposta. Porém era difícil admitir.

— E, pelo seu rosto — Cimélia concluiu —, algo me diz que você já encontrou a resposta que tanto procurava.

Dinx ergueu seu olhar com lentidão.

— Obrigada. — A jovem fada se levantou da cadeira e se retirou da sala.

Sua mente estava tão ocupada, que Dinx se assustou ao se deparar com Lin Jeong parado no corredor, escorado contra a parede.

— Je... Jeong?

— Como foi? — Ele ergueu o olhar para a amiga, mas logo mudou a pergunta quando viu seu rosto. — Por que você parece triste?

— Só estou pensativa.

— Então você não conseguiu o que queria?

— Na verdade — Dinx concluiu o que não queria concluir —, acho que já sei o que estava me atrapalhando. Só estou um pouco confusa.

Lin Jeong observou a amiga por um tempo, até que iluminou o rosto:

— Que tal um bolinho de baunilha para animar? Ainda não são os do Césaris, mas...

Fadas Madrinhas S.A.

Dinx abriu o semblante, começando a erguer os lábios em um sorriso, mas logo voltou à expressão anterior.
— Vamos deixar para outra hora, tudo bem?
— Claro... — Lin Jeong não pareceu feliz ao falar.

Dinx caminhou com lentidão em direção ao seu quarto, como se, na verdade, não quisesse deixar o amigo para trás.

Ao entrar no cômodo, encontrou Bela dormindo no tapete na beira da cama. A cachorrinha ergueu o olhar e começou a abanar o rabo assim que escutou a chegada da dona, que se aproximou e a acariciou na cabeça.

Com passos lentos, a fada foi até o espelho. Observou, através do reflexo, cada pequena linha de expressão em seu rosto ou mancha deixada pelas espinhas da adolescência. Para seu horror, notou que a área abaixo dos olhos havia ganhado um tom mais escuro do que a pele do restante de seu rosto. Olheiras. Quando as havia adquirido!? Talvez não fosse certa a forma como usava seus encantos, e talvez fosse isso o que a atrapalhava, mas como poderia permitir que as pessoas a vissem daquela forma?! Aquilo era inadmissível. Então Dinx tomou uma decisão: não sairia do quarto nem que lhe oferecessem todos os bolinhos de baunilha do mundo.

Os dias se passaram e Dinx permaneceu trancada no cômodo. Saía apenas à noite, quando sabia que todos já estavam dormindo, e voava em direção à cozinha para se abastecer com o que havia sobrado da comida e dos lanches do dia, que durariam ao longo do dia seguinte. Uma vez, escutou Lin Jeong chamando-a, mas não teve coragem de responder. Teve vontade de atendê-lo, mas, quando se lembrou das olheiras terríveis, achou melhor evitá-lo. Quando ele perguntou se Dinx estava bem, a fada resmungou um "não" atrás da porta. Se pensasse que ela estava doente, talvez seria melhor, pois manteria distância até ela encontrar uma solução para sua aparência sem que usasse seus encantos de forma errada.

Até que o dia do casamento mais esperado da década chegou. Dinx não poderia se manter reclusa bem naquele dia. Como poderia faltar àquele evento?

Na manhã desse dia, Dinx voltou a ter coragem de se encarar no espelho. Detestava as novas manchas sob os olhos, mas o que poderia fazer? Essa era ela.

— Pelo menos no casamento é liberado estar mais bonita, não? — ela perguntou para si mesma, e Bela, do tapete, apenas resmungou. — Acho que isso foi um "sim".

Bela resmungou mais uma vez enquanto Dinx erguia a varinha e colocava um vestido verde com mangas longas e bufantes. A fada se observou, movendo a cabeça de um lado para o outro, tentando analisar de diferentes ângulos. Ergueu a varinha mais uma vez e transformou a parte superior da roupa em um corpete. Caminhou até a janela e olhou para o jardim no exterior da construção. Flores em diferentes tons de rosa e amarelo chamaram sua atenção, e ela não hesitou: usou de seus encantos para transportá-las até o quarto e transportá-las em parte de sua roupa, enfeitando a divisão entre o corpete e a saia e algumas partes da manga.

Dinx modelou os cabelos com sua mágica e deixou sua pele perfeita, sem manchas ou olheiras. Os lábios e as bochechas ganharam uma coloração rosada, e os cílios ficaram mais longos, curvados e escuros.

A fada suspirou ao ver seu reflexo e tentou não pensar na conversa que havia tido com Cimélia. Agora o objetivo era celebrar um momento tão feliz e importante na vida de Cinderela.

— Vamos celebrar um casamento!

Bela ergueu-se sobre as patas, soltou um latido alto e começou a abanar o rabo.

— Sinto muito, mas cachorros não foram convidados. — O rabo da cadela parou, e ela se deitou no tapete, soltando um gemido de choro. — Prometo tentar trazer algum petisco.

Bela voltou a abanar o rabo.

Assim que deixou o quarto, Dinx viu Cimélia no início do corredor, caminhando em sua direção. Um pequeno frio na barriga atingiu a fada, e ela se perguntou como agiria ou o que falaria depois de ter passado dias isolada, apenas na companhia de sua cachorra. Porém logo os pensamentos de Dinx mudaram de direção quando percebeu que a supervisora andava a passos largos e parecia ofegante.

— Ah, graças ao Chefe você está aí. — Cimélia soltou a respiração assim que chegou perto de Dinx.

A fada mais velha tinha os olhos arregalados e respirava com dificuldade.

— O que aconteceu? Você está bem?

— Alguém tentou arruinar o casamento real.

— O quê?! — Dinx arregalou os olhos e tapou a boca em incredulidade.

— Toda a decoração, que fizeram por dias, a comida, tudo foi arruinado. Mas o pior — Dinx sentiu o coração parar por alguns segundos. O que poderia ser pior? — foi o vestido da noiva.

— Não.

— Sim.

— E o casamento é daqui a meia hora! Mas como...? Dizem que Cinderela é querida por todos lá. — Dinx coçou o queixo. — Isso tem cara de inveja.

A mente da jovem fada se lembrou de uma certa madrasta, mas logo o pensamento se esvaiu quando Cimélia perguntou:

— Dinx, onde está Lin Jeong?

— Deve estar se arrumando. Por quê?

— Bem, acontece que é responsabilidade de Lin Jeong que o casal se una, e Redrik está uma fera. — Dinx arregalou os olhos ao ouvir a informação. — Quer que seu amigo resolva.

— Ah... — A jovem fada tentou não transparecer nervosismo em sua voz. — Pode deixar, que dou o recado a ele.

Sem hesitar, tomou sua forma alada e voou em direção ao quarto do amigo. Voltando à forma humana, bateu na porta com força e velocidade.

— Dinx! — Lin Jeong mal abriu a porta, e a amiga jogou a informação, como uma enxurrada.

— Alguém tentou arruinar o casamento real. Precisamos ir antes que...

Lin Jeong arregalou os olhos, e Dinx teria acreditado que o motivo era a surpresa pela notícia, se ele não estivesse olhando fixamente para algo atrás dela. Ou alguém, já que apenas uma fada poderia provocar em Jeong aquele olhar de pavor.

— Eu já falei que era a sua última chance! — A voz estrondosa de Redrik soou às costas de Dinx.

A jovem se virou lentamente e se deparou com o rosto vermelho do supervisor.

Fadas Madrinhas S.A.

— Mas eu... — Lin Jeong tentou falar.
— Eu não quero saber de desculpas! Resolva isso, ou... você já sabe.

Dinx voltou o olhar para o amigo, que agora exibia um semblante ainda mais apavorado.

— Eu vou ser demitido — ele falou com desânimo.

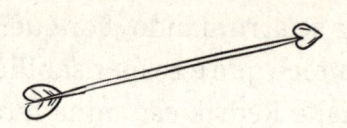

Capítulo 14

Nem Lin Jeong, nem Dinx se deram ao trabalho de comentar sobre o período de isolamento da fada artesã. Agora a preocupação era mais urgente: salvar o emprego de Jeong e o casamento de Cinderela. Em suas formas aladas, os dois voaram em direção ao castelo o mais rápido que puderam, usando o que tinham de energia e força e sem se importar com as asas começando a doer. Por fora, o castelo parecia calmo, o que era de se estranhar, já que estava sendo preparado o casamento da década, que aconteceria na capela anexa ao palácio. Era para ter funcionários andando de um lado para o outro, fazendo os últimos ajustes. Mas, ao invés disso, o exterior do palácio estava deserto, a não ser pelos sempre presentes guardas postados à porta.

Provavelmente, o caos está lá dentro, Dinx pensou.

Ela voou em direção às janelas do último andar, onde imaginou ficarem os aposentos, pois se lembrava de ser lá o quarto do príncipe. Era provável que Cinderela estivesse se arrumando em algum desses aposentos. Lin Jeong a acompanhou enquanto ela olhava através de cada janela, até encontrar aquele no qual a jovem noiva estava. Felizmente, a janela estava aberta.

— Vou ver a situação da decoração e da comida — Lin Jeong falou, antes que Dinx entrasse, e voou para baixo.

Com o rosto vermelho e inchado de tanto chorar, Cinderela arregalou os olhos e pulou de surpresa ao ver Dinx entrando no cômodo e voltando à forma humana.

A fada quis abraçar a jovem para tentar lhe dar algum consolo, mas, quando viu o vestido arruinado, estendido sobre a cama, ela mesma pensou precisar de consolo. Arruinar uma obra de arte como aquela deveria ser considerado crime! A renda, que Dinx imaginava ser francesa e da mais pura qualidade, e a seda que formava o vestido agora exibiam cortes de diferentes tamanhos, além de manchas marrons, que pareciam de terra.

— Eu sabia que ia precisar de você — Cinderela falou, com a voz embargada pelas lágrimas. — Você consegue consertar, não consegue?

— Consigo. — Dinx ainda continuava encarando o que havia sido um vestido. — Eu só...

Consertar aquela peça de roupa seria fácil e um prazer para a fada. Mas nem só de vestidos de noiva se faz um casamento; principalmente um casamento real.

— Não tem problema se você vai precisar ficar refazendo! — A voz de Cinderela era urgente. — Vai dar certo.

Dinx engoliu saliva.

— Eu poderia, mas não é só o vestido. Tem a decoração. E a comida está além das minhas habilidades. Como vou dar conta de tudo?

— O rei disse que compraria tudo o que estivesse na vitrine das cafeterias e padarias do reino. A comida não é um problema. — Cinderela lançou um olhar melancólico para o vestido.

— Mas ainda assim é muito para uma fada só. — Dinx se sentiu triste em falar. Lin Jeong era uma fada do amor. Em que poderia ajudar naquela situação? E, mesmo depois de conversar com Cimélia e de ter encontrado a resposta para o motivo de seus encantos não durarem, ela ainda não tinha certeza se conseguiria fazer o mesmo que havia feito no sótão da antiga moradia de Cinderela. Ter que refazer vestidos e decoração durante toda a cerimônia e a festa estava além do que Dinx poderia dar conta.

— Você não pode chamar outras fadas para te ajudarem?

— Se Redrik souber... — Dinx olhou para fora, para o céu, tentando encontrar uma solução. O supervisor levava muito a sério as divisões de trabalho, e a própria presença de Dinx em um serviço que havia sido designado a Lin Jeong poderia ser motivo para seu desgosto. Mobilizar mais fadas artesãs estava fora de cogitação.

Uma pequena criatura apareceu voando em seu campo de visão, e Dinx logo reconheceu. Aproximou-se da janela para ouvir melhor a voz do amigo.

— O salão está horrível — Lin Jeong falou, pairando no ar, do lado de fora do quarto.

Dinx suspirou, triste, e Cinderela se aproximou por trás, arregalando os olhos ao ver com cuidado pela primeira vez uma fada em sua forma mágica.

— E se o casamento não fosse no salão? — Lin Jeong sugeriu, e tanto Dinx quanto Cinderela ficaram confusas. — Não é época de chuva.

— Como assim? — Cinderela questionou.

— Olhe para esse jardim. — Jeong virou de lado, apontando para o jardim exterior do palácio, tão belo que poderia ter sido planejado por uma fada artesã. — Dispensa decoração, pois apenas ele já é um grande ornamento.

Dinx precisava concordar.

— Só precisamos mobilizar os funcionários para colocarem os bancos lá — o rapaz completou.

— Um casamento a céu aberto? — Dinx começou a visualizar em sua mente os bancos entre os canteiros de flores e o altar com o chafariz ao fundo.

— Não seria estranho? — Cinderela perguntou.

— Seria incomum — Lin Jeong argumentou —, mas ninguém melhor para lançar uma tendência do que uma futura princesa. — Dinx abriu um sorriso, começando a comprar a ideia do amigo. — Pense: nada de tecidos, fru-frus ou qualquer beleza artificial. Apenas a natureza. Tem cenário mais belo do que esse?

— Confesso que jamais teria pensado nisso — Cinderela comentou.

— Nem eu — Dinx falou. — Você tem uma grande sensibilidade para a beleza natural.

Assim que a fada artesã disse aquilo, constrangeu-se, pois viu os olhos pequeninos da forma alada de Lin Jeong ganhando brilho, ao mesmo tempo que ela se lembrou do que ele havia lhe dito dias antes, sobre ela ser linda naturalmente.

Os dois se olharam por alguns segundos em silêncio, e Cinderela permaneceu apenas os observando, sem entender bem o que havia acontecido.

Lin Jeong raspou a garganta e falou:

— Ah, não é uma ideia tão ruim assim. Só porque não é comum, não significa que é ruim.

— Eu acho uma ótima ideia! — Cinderela exclamou, abrindo o semblante em animação.

Dinx sorriu ao ver a empolgação da jovem.

— Tudo bem. — Jeong afirmou. — Conversarei com o príncipe para mobilizar os funcionários.

O jovem voou novamente para baixo, deixando a moça sozinha para cuidar daquela que seria a principal atração da noite: a noiva.

— Acho que agora é comigo. — Assim que falou, viu uma carruagem apontando ao longe, na estrada que levava ao palácio real. — Os primeiros convidados devem chegar daqui a pouco. — Dinx respirou fundo, ainda olhando para fora e de costas para Cinderela. — Estarei em minha forma alada, bem perto de você, então, assim que começar a ter qualquer problema... Se tiver algum imprevisto... Eu...

A fada começou a tremer as mãos, balançando a varinha mágica. E se algo desse errado justo no casamento real? Ninguém saberia que era ela a culpada. Mas Cinderela teria o casamento arruinado, e Lin Jeong perderia o emprego. E ela se sentiria horrível com isso.

Dinx fechou os olhos, apertando-os com força. Então, pensou: *não consigo mentir. A verdade é que, no fundo, não quero que as pessoas vejam que minha pele é manchada de espinhas e que os cachos do meu cabelo não são perfeitos. Não quero que as pessoas vejam que sou... falha. Principalmente o Lin Jeong... Ain, Chefinho. O que eu faço? Me desculpe. Me desculpe mesmo, porque eu sei que sua intenção sempre foi que usássemos as nossas habilidades para tornar o mundo um* lugar melhor, mas meus objetivos às vezes são egoístas, mesmo eu sabendo que não deveria. Porém, neste momento preciso que dê certo. Não porque quero que as pessoas vejam o quanto sou talentosa, mas porque Cinderela, o príncipe e Lin Jeong precisam de mim.

— Olhe! — Cinderela falou, o que fez Dinx abrir os olhos.

A ponta da varinha brilhava com intensidade.

— O que está acontecendo? — A luz ficou ainda mais forte, e Dinx precisou apertar os olhos para conseguir continuar olhando em sua direção. — Você acha que...? — Ela olhou para Cinderela com um ar de interrogação no rosto. — Será que minha prece foi ouvida?

Dinx respirou fundo e, com concentração, começou a trabalhar no vestido sobre a cama. Os pedaços de tecido e renda, antes cortados, foram se unindo e voltando à forma que Dinx imaginava ser a original, e as manchas desapareceram, deixando apenas o branco límpido. Cinderela abriu um largo sorriso e correu para pegar a peça de roupa, abraçando-a por alguns segundos antes de ir se trocar.

Já vestida, Cinderela teve seus cabelos modelados em um elegante penteado preso no alto da cabeça e com algumas mechas soltas e desfiadas. Seu rosto ganhou cor nos lábios, bochechas e cílios; e as marcas de expressão, frutos do cansaço, desapareceram.

Do lado de fora, o som de carruagens já era alto, e Dinx se aproximou da janela para ver como Lin Jeong havia se saído em sua tarefa. Todos os funcionários pareciam ter sido convocados àquela missão, pois a fada via dezenas deles colocando os bancos no jardim. Logo terminaram, a tempo da chegada dos primeiros convidados.

Dinx acompanhou Cinderela pelo palácio, em direção ao local da cerimônia, e, enquanto seguiam, guardas correram para avisar que a cerimônia poderia ser iniciada.

Ainda de dentro, Dinx se aproximou de uma das janelas, à procura de suas suspeitas em meio aos convidados posicionados nos bancos, mas não havia sinal da presença da madrasta ou de suas duas filhas.

— Lady Percy e as filhas não foram convidadas? — Dinx perguntou.

— Ah, bem... Eu pensei em convidá-las, mas o rei achou que seria melhor não. De qualquer forma, acho que não viriam. Ficariam em casa, achando que não teria mais casamento. — Cinderela arregalou os olhos. — Você acha que...?

— Dinx não precisou que a noiva terminasse a pergunta para saber que ela se referia à culpa pela tentativa de estragar seu casamento.

— Não tenho dúvidas. Vi um funcionário do palácio saindo de sua propriedade quando fui conferir se o quarto estava mesmo intacto, como você me disse.

O rosto de Cinderela foi estampado por uma expressão de tristeza.

— Não fique assim. — Dinx tentou consolá-la. — Quer dizer, não tem como não ficar, mas veja: elas não venceram.

A noiva voltou a sorrir.

Quando Cinderela entrou caminhando em direção ao noivo, Dinx precisou se segurar para não chorar. Ela sentiu um pequeno nervosismo, com medo de que algum dos encantos se desfizesse, mas não precisou refazer nenhum encanto além dos que havia feito em si. Outro motivo para seu nervosismo foi medo de que a madrasta e as irmãs aparecessem a qualquer momento, tentando, outra vez, estragar a cerimônia, mas tudo correu bem. Quando os noivos finalmente se beijaram, ela suspirou aliviada.

Durante o início da recepção, recheada de gostosuras do Césaris e outras cafeterias e padarias do reino, Dinx mantinha um olho em Cinderela, ainda receosa sobre os encantos (embora eles já devessem ter se desfeito àquela altura), e o outro à procura de Lin Jeong, que havia desaparecido. Ela levou alguns minutos até encontrá-lo rodeando uma mesa de doces. Seus olhos varriam a mesa, arregalados, como se procurasse desesperadamente por algo.

— O que foi? — Quando Dinx falou, Lin Jeong sobressaltou, indicando que havia se assustado.

— Ah, é que... — Ele passou a mão pelo cabelo. — Como a gente acabou não conseguindo ir ao Césaris, eu tentei ver se achava bolinhos de baunilha com cobertura de açúcar, para nós, sabe, pelo menos fingirmos que estamos lá.

Ao ver as bochechas do amigo se colorirem em um tom de rosa, Dinx soltou um longo suspiro.

— Ah, Jeong... Você sabe que o importante não é o Cés...

— Parabéns! — Uma voz forte e grave assustou os dois. Ao se virarem em direção ao som, depararam-se com Redrik. Ele tinha os braços para trás do corpo e observava o local ao seu redor, como se fiscalizasse cada mínimo detalhe. — Quem diria que você iria conseguir.

— Na verdade... — Lin Jeong coçou a nuca. — Por favor, não brigue comigo, mas no fim foi um trabalho em equipe. E, por favor, não me demita! Acho que deveríamos repensar os serviços individuais e começar a trabalhar em duplas.

Assim que Dinx viu os primeiros sinais de rugas surgindo na testa de Redrik, ela falou:

— Eu concordo. Acho que fadas do amor e fadas artesãs formam excelentes duplas.

— Hum... — Redrik encarou a dupla com a testa franzida por alguns segundos, até finalmente dizer: — Vou levar essa questão ao Chefe. — Os dois jovens já haviam começado a soltar suspiros de alívio quando o supervisor voltou ao tom bravo: — Mas ainda não gosto de você ter mobilizado outra fada para uma tarefa sua. E se ela fosse convocada a uma outra missão?!

— Mas... — Dinx tentou dizer que ela havia ido por vontade própria, mas logo Redrik a interrompeu.

— Não quero conversa. Está suspenso por uma semana e proibido de sair da propriedade da Fadas Madrinhas S.A.!

— O quê?! — Dinx e Lin Jeong perguntaram juntos, e era impossível saber qual deles tinha os olhos mais arregalados.

— Mas foi um belíssimo casamento. Belíssimo. — Assim que terminou de falar, Redrik se transformou em sua forma alada e levantou voo, deixando a dupla de jovens fadas em um misto de alívio e tristeza.

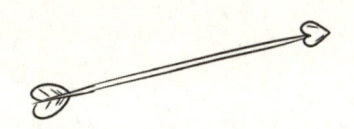

Capítulo 15

Na manhã do dia seguinte, Dinx seguia voando a toda velocidade em direção ao refeitório. Olhou por todos os lados, mas não encontrou a pessoa a quem desejava contar sobre o que havia percebido assim que acordou, antes do normal. Lin Jeong precisava ser o primeiro a saber, e a fada já estava mudando a direção para a escada quando escutou um som vindo da cozinha, de algo batendo contra o chão e seguido de um "ai".

O instinto da fada a impeliu a ir até o cômodo, para saber se alguém precisava de sua ajuda. Talvez a cozinheira, Daisy, tivesse caído.

Ao entrar no local, a primeira coisa em que Dinx reparou foi a bagunça. Vasilhas sujas estavam espalhadas por cima da mesa central, e tudo estava coberto por um pó branco, que a fada imaginou ser farinha.

— Daisy? — A jovem deu a volta na mesa e levou um susto com o que encontrou.

Lin Jeong estava no chão, segurando uma espátula. Sua roupa estava completamente suja de pós e massas, todas de coloração clara.

— Jeong? O que está acontecendo?

Com o rosto ganhando uma coloração rosada, ele se levantou e limpou um pouco da farinha em seu nariz.

Dinx sentiu um cheiro agradável no ar e, prestando mais atenção, percebeu que vinha do forno, para onde direcionou seu olhar. Jeong, então, andou alguns passos para o lado, parando à frente do forno.

— O que você faz acordada tão cedo? — Seus olhos revezavam entre olhar para Dinx e olhar para o chão.

— Acordei agora com minha mente borbulhando, porque, até voltarmos, a Cinderela estava intacta! Não caiu uma mecha sequer do penteado!

— Ah... Isso é incrível, Dinx. Mas você não quer dormir mais um pouco, não?

A jovem apertou os olhos, sem entender a falta de reação do amigo.

— Por que você não está comemorando comigo?

— É só que...

O som da porta atrás de Dinx sendo aberta soou junto com a voz da cozinheira Daisy:

— Acho que já está na hora de tirar os bolinhos do forno.

Dinx virou o rosto em direção à dona da voz.

— Bolinhos?

A mulher arregalou os olhos.

— Ops. Desculpe. — Daisy saiu correndo do cômodo.

— Está mesmo. — Dinx, sem entender o sumiço da cozinheira, concordou. — O cheiro está preenchendo toda a cozinha. Se não tirar logo, pode passar do ponto.

Lin Jeong coçou a nuca, pegou um pano sobre a mesa e abriu a porta do forno com lentidão, tirando em seguida um tabuleiro cheio de pequenos bolinhos.

— Você está fazendo bolinhos de... — Dinx moveu as narinas, identificando o aroma no ar — baunilha?!

Permanecendo de costas para a amiga enquanto colocava o tabuleiro sobre a mesa, Jeong falou:

— Era pra ser uma surpresa...

A fada artesã então notou o creme branco em uma vasilha sobre a mesa, bem ao lado de onde Lin Jeong havia colocado os bolinhos, e concluiu:

— E com cobertura de açúcar!

Ela olhou para Lin Jeong, que tinha o rosto corado, e se sentiu derretendo por dentro.

— Já que não podemos ir ao Césaris, pensei em trazer o Césaris até você.

— Mas você não sabe cozinhar! — Dinx ainda não conseguia acreditar naquilo.

— A Daisy me deu a receita. Agora — Lin Jeong pegou na mão de Dinx e a direcionou até um banquinho perto da mesa — sente aqui, que preciso terminar.

A fada não conseguia tirar o sorriso do rosto enquanto observava o amigo colocar a cobertura de açúcar sobre cada um dos bolinhos.

— Pronta? — Ele se virou para ela com um sorriso largo no rosto.

— Claro!

Jeong pegou, com brilho nos olhos, um dos bolinhos e o estendeu em direção à amiga, que o pegou com expectativa e deu uma grande mordida.

A boca da fada parou aberta por um instante antes de ela começar a mastigar com vagareza.

— E então? O que achou?

— Uau... — ela falou, ainda mastigando lentamente. — Está delicioso.

— Sério?

— Uhum.

Dinx finalmente engoliu, e Lin Jeong fechou o sorriso.

— Não. Ficou horrível. Eu sei quando você está mentindo.

O rosto de Jeong era pura frustração, e Dinx se sentiu mal por ele.

— Não tá horrível.

— Está, sim. Eu queria que o nosso primeiro encontro fosse perfeito...

— Ei! — Dinx gritou. — Não faça isso. Você quer saber por que meus encantos davam sempre errado? Porque eu queria parecer perfeita. Quando fui ajudar Cinderela no baile, quis também deixá-la perfeita, tudo isso porque eu queria que as pessoas me vissem assim, não queria que as pessoas vissem os meus defeitos. E isso fazia com que eu usasse meus encantos de forma errada, longe do propósito pelos quais eles existem. Você não está usando encantos aqui, mas não se frustre por não ter saído perfeito como você imaginava. A vida é assim, cheia de imperfeições, mas é graças a elas que reparamos na beleza.

Lin Jeong olhou nos olhos de Dinx, sendo atingido pelas suas palavras.

— Tá. — Ele abriu um leve sorriso. — Mas não precisa comer isso, nem mentir que estava bom.

— Desculpe. Mas um dia você chega lá. Por enquanto, vamos nos contentar com o café da manhã da Daisy.

— Tudo bem. — Jeong abriu um sorriso discreto e raspou a garganta. — Então... — Ele respirou fundo.

Jeong deu alguns passos à frente, aproximando-se de Dinx, e a olhou nos olhos enquanto falou:

— Dinx, essa não é a cena perfeita, e esse definitivamente não é o bolinho perfeito — ele lançou um olhar para o bolinho mordido na mão da fada artesã —, mas é... é... Eu não saberia falar um discurso lindo, porque não seria o Lin Jeong atrapalhado que você conhece. Então é claro que eu precisava me declarar em um lugar assim, cheio de farinha e ovos para todos os lados.

Dinx soltou uma risada, com o coração aquecido por emoção e alegria.

— Então... Dinx, a mais bela das fadas, mesmo com as manchinhas de espinha.

— Ah! — Ela o interrompeu e arregalou os olhos. — Eu fiquei tão empolgada quando percebi que meu encanto funcionou, que eu nem... É. — Seu rosto corou ao perceber que havia interrompido um momento especial. — Desculpa. Te atrapalhei.

— Dinx, você me permite cortejá-la? — Os olhos de Dinx se arregalaram mais uma vez, mas agora por ouvir aquilo com que sonhara por tanto tempo. — Provavelmente serei péssimo nisso e vou errar em muita coisa, mas... prometo que nosso bolo de casamento será de baunilha.

A jovem fada não aguentou se segurar. Levantou-se do banco em um pulo e apertou Jeong em um abraço, carimbando a bochecha direita dele com um rápido beijo carinhoso e emocionado.

Logo em seguida, Dinx se afastou, constrangida pela própria reação, e viu que as bochechas do rapaz agora estavam tão vermelhas quanto tomates.

— Acho que isso foi um sim.

Dinx o olhou com frustração e uma pergunta oculta no fundo dos olhos: "Não é óbvio?".

Agora não mais como apenas amigos, Jeong pegou a mão de Dinx e sorriu, chamando-a:

— Vem. Vamos dar esses bolinhos para a Bela.

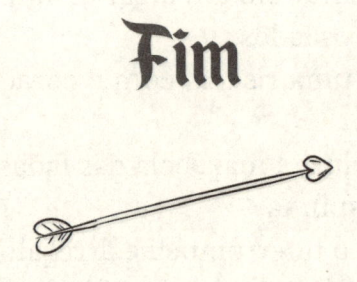

Fim

Agradecimentos

Quando a ideia central para este livro surgiu em uma noite de insônia, não imaginei que seria ele a minha primeira publicação em uma editora. E durante todo o caminho que percorri com esta história até chegar aqui, houve pessoas essenciais, colocadas em meu caminho quase como fadas marinhas, a quem não posso deixar de agradecer:

A meus pais, por sempre me apoiarem na loucura de querer viver da minha arte.

A minhas amigas escritoras, em especial à galera do Literatura de Cortejo, que acompanhou muitos dos meus surtos, questionamentos e processos na carreira.

Aos meus leitores, sempre abertos a receber minhas novas histórias.

A toda a equipe da Novo Século, por acreditarem neste livro e serem tão abertos a ouvirem todas as minhas sugestões.

Por fim, devo toda a minha gratidão a Deus, meu grande Chefe, que me concedeu a dádiva de participar um pouquinho de Sua obra usando meu dom. Espero que este seja só o início.

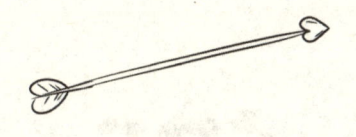

<ns

@novoseculoeditora

Edição: 1ª
Fonte: Enchanted Land e Source Serif Pro